Ally Klein

Der Wal

Roman

Literaturverlag Droschl

»Du sagtest, dass du niemals über reale Menschen schreibst, nicht wahr? Vielleicht werde auch ich weniger real, wenn du über mich schreibst.«

– Karl Ristikivi, »Die Nacht der Seelen«

»Sicher, real ist nur einer von uns.«

– Kōbō Abe, »Der Schachtelmann«

Saul

Das wird Saul gesehen haben

Die braunen Blätter, gerippte verdorrte Röllchen, umringten die Buche. Im Wind rotierten sie um den Baum, mit jedem Zug trug er sie davon, vertrieb sie von ihrer Ruhestelle, verrückte den Ort, den die Erdanziehung ihnen in diesem lebensverneinenden Winter zugewiesen hatte, den Ort, an dem sie ihre letzte Stätte hätten finden sollen, aber der Wind gewährte ihnen diese Ruhe nicht, gönnte ihnen ihren reglosen Tod nicht, den langsamen Übergang zu Aas, die stete Verwesung zu Humus. Jedes Mal blies er sie hoch und ließ sie wieder an einer anderen Stelle langsam absinken. Sie kreisten in der Luft, lebensleer und teilnahmslos, und sobald der Wind sich weiter nach oben verzog und sich auf die lichte Krone stürzte, ließen sie sich ihren nächsten Fleck vom Zufall zuteilen.

Der Wind geisterte durch die Leere zwischen den Ästen, so dick und schwer, dass sie seinen Stößen nicht nachgaben, riss das eine oder andere verbliebene Blatt ab, das seit Monaten ausgetrocknet an einem Härchen hing und bloß auf gut Glück am Baum haftete, und trug es mit einem Zug fort.

Es wurde kurz still, aber schon regte sich etwas. In dem Laubhaufen raschelte es, wühlte sich etwas nach oben, aus den Schichten an toten Blättern, aus den birnförmigen Blättergewinden schlüpften Spatzen hervor, hüpften aus den trompetenartigen Gehäusen, zwei, drei, vermehrten sich in Sekundenschnelle, aus den braunen, trockenen Hülsen sprangen braune, quirlige Vögel hervor, sprangen auf der Wiese umher, alle in verschiedene Richtungen, manche flogen davon.

Die Bank war morsch vom feuchten Winter. Das aufgeweichte Holz löste sich ab, sobald man seinen Rücken dagegen lehnte, und die Splitter verfingen sich im Gewebe der Kleidung. Der Lack hatte sich längst abgeschrubbt, nur an den Außenseiten der Bank sah man noch, dass sie einst grün gestrichen war. Der Abstand zwischen den einzelnen Brettern war immer breiter geworden, die Bank magerte sich ab, vergreiste, stöhnte unter eines Gewicht.

Kaum hatte Saul sich hingesetzt, drang die klamme Kälte im Nu durch seine Hose. Er packte sein Brot aus, ein zwischen zwei Scheiben eingequetschtes dickes Stück Käse, das einen säuerlichen Geruch ausstieß, hielt es mit beiden Händen zwischen den kantigen, aufgerissenen Fingern vor sein Gesicht, zwischen den hornhäutigen Kuppen, zu denen kein Gefühl, kein Gefühl der Welt vordrang, er umfasste den Pumpernickel in einer klauenartigen Geste, lehnte sich nach vorne, fuhr sich die Schnitte vor den Mund und biss hinein. Eine große, parabelartige Leerstelle zeichnete sich ab, Saul kaute schweigend vor sich hin, sein Unterkiefer malmte das Brot breiig, er hielt inne und schluckte es in einem Brocken hinunter.

Gerade als er das Essen wieder an seinen Mund fuhr, fixierten sie ihn – zwei gelbe Augen mit einem senkrechten schwarzen Schlitz in der Mitte. Er erwischte sie, noch bevor er wieder hineinbeißen konnte. Mit offenem Mund, im Biss verharrt, stierte er zurück, auf das rote Tier, das sich leise an ihn herangepirscht haben musste, stierte angestrengt mit seinen runden schwarzen Pupillen in diese schmalen Spalte, wie in Bernstein gemeißelt, Portale in den Kopf einer fremden Wahrnehmung, einer unbekannten Welt. Saul versuchte hineinzusehen, sein Gegenüber zu lesen, den nächsten Schritt vorherzusehen, so lange, bis er die Anstrengung nicht aufrechterhalten konnte. Die eigenen Gesichtszüge lockerten sich endlich, eine Ruhe breitete sich über sein Gesicht aus. Er blickte und hörte auf zu sehen, er blickte und sah nicht mehr, schaute bloß, schaute vor sich hin, schaute selbstvergessen, schaute vergessen in die Augen des anderen, bis sich dieser zu einem ersten Schritt traute. Das rotfellige Tier trat vorsichtig näher, die rechte Vorderpfote veranlasste die anderen dazu, ihrem Schritt zu folgen, ein Stück dichter an Saul heran, den Kopf leicht gebückt, die schwarze ledrige Nase schnüffelnd, blieb stehen, die Blicke beider hafteten noch aufeinander. Saul öffnete langsam die Brotscheiben, löste das dicke Stück Käse heraus und warf es dem Tier vors Maul. Der scharfe Geruch strömte nach oben. Davon wie angezogen, senkte der Fuchs den Kopf, zögernd, die Augen immer noch auf Sauls geheftet, senkte ihn immer tiefer, schnupperte an dem stinkenden Brocken, hielt inne, blickte hinauf, dann schnappte er sich den Käse und schoss davon.

Saul, wieder alleine, legte die zwei Scheiben zusammen und biss in das trockene Brot.

Seit der Morgendämmerung hatte der Himmel die betongraue Farbe nicht abgelegt. Die Wolkenmasse war wie in Zement erstarrt. Überhaupt erinnerte der Tag seit Monaten daran, dass er bloß ein kurzer Übergang von einer Nacht zur anderen war, er war auf ein paar schummrige Stunden zusammengeschrumpft, ein knapper Zeitraum in düsterem Grau zwischen vorherrschender Dunkelheit, ein Bindeglied der Finsternis, mehr war er nicht.

Saul stand im Türrahmen und sah nach draußen. Die Wolken hingen diesmal tiefer über dem Flachland als sonst. Wie vollgestopfte Säcke, klobig und unbeweglich, bedeckten sie den Himmel, und, kaum setzte er zum Schritt an, kaum war er dabei, über die Schwelle zu treten, brach der Regen herab.

In Pfeilen beschoss er die Ortschaft. Bleierne Schäfte aus Wasser stürzten sich hinunter, stürzten sich auf die Siedlung, stürzten sich auf die Straßen, die Dächer, stürzten sich auf alle Oberflächen und zerbarsten daran. Sie zerbarsten am Asphalt, zerbarsten an Ziegeln, zerbarsten am Beton, zerschossen in tausende Spritzer, in winzigen Wasserschutt, flossen zusammen und wuchsen vereint zu einer riesigen Lawine. In einer rasenden Flut strömte das Wasser die Abhänge hinunter, riss alles mit sich, was seiner Gewalt nachgab, alles der Ortschaft Aufgetragene, alles Lose, alles, was sie schmücken sollte, jede Kreidezeichnung spülte es weg, die Lichtgirlanden, die der Regen zuvor von den Dächern, den Balkonen abgeklopft, abgeschlagen hatte. Alles, was der Mensch in seiner Vergesslichkeit, in seiner Ignoranz übrig gelassen hatte – jede Plastiktüte, jeden Zigarettenstummel, jedes Müllpartikel riss die Flut mit sich, das Wasser wallte durch die Straßen, schoss um die Ecke, keine Gasse war davor sicher, alles spülte es fort, alles war ihm ausgeliefert, es hatte über alles Dingliche, alles Körperliche, alles Atmende, alles Kriechende, alles Kämpfende triumphiert, nur Wasserfluten, überall.

Saul ahnte, was in der Ortschaft vor sich ging. Er musste ahnen, dass, wenn er sich jetzt auf den Nachhauseweg machte, den Wal verließe und in die Ortsmitte hinabstiege, ihm das Wasser dort bis zu den Fußknöcheln reichte. Er musste wissen, dass er im Nu nass würde, bis zu seinem Haus müsste er mindestens eine halbe Stunde laufen, quer durch die Siedlung. Er blieb im Türrahmen stehen und blickte hinaus. Fahle, grobkörnige Masse breitete sich vor ihm aus, stufte sich am Horizont in ein trüberes Dunkel ab und wurde über die Felder zu einem mörtelen Grau.

Er hob seine Hand an, streckte sie nach vorn aus, mit der

Fläche nach oben – die dicken Regentropfen klatschten auf seine geschwollenen Fingerkuppen. Er wischte das Wasser an der Hose ab, steckte die Hand in die Jackentasche, nestelte dort herum und fischte eine Zigarettenpackung heraus. Saul klopfte auf den Boden, sodass aus der Öffnung eine Zigarette herausrutschte, er steckte sie sich zwischen die Lippen, zündete sie an, zog – ein seimiger, weißer Rauch strudelte sich in seinem Mund zusammen, verschwand sogleich im schwarzen Rachen. Die Lungen bleichten den bläulichen Dunst, nahmen ihm die Essenz, und entseelt verließ der Rauch wieder seinen Mund. Die Glut fraß den Stängel nochmal kürzer, und nochmal, fraß ihn zu grauer Asche, Saul zog den Kragen mit beiden Händen hoch, blies aus und setzte einen Schritt nach vorne.

Kaum war er unter dem Regen, hing die Zigarette lappig von seinen Lippen. Er brach den Filter ab, steckte ihn sich in die Jackentasche, zerdrückte den feuchten Tabak und warf ihn auf den Boden, wo der gekräuselte Schnitt sofort von den Fluten fortgerissen wurde. Das Wasser rann ihm das Gesicht hinunter, den Nacken, kurz vor der Ortsmitte ging es durch die Kleidung, der Stoff hatte sich komplett vollgesaugt. Es tropfte ihm von den Ärmelenden, von den Hosenenden, tropfte vom Jackenbund, lief ihm in Strömen über die Haare. Mühsam schleppte er diese triefende Last voran. Der Regen drängte sich ihm in den Mund, sodass er ihn ausspucken musste, drängte sich ihm in die Augen, Saul konnte kaum geradeaus sehen. Das Wasser hatte ihn aufschwemmen lassen, hatte ihn aufgeweicht, er hätte sich jeden Moment auflösen, in matschige Klumpen zerfallen können. Saul schleppte sich vorwärts, jeder Schritt platschte durch die Ströme, die den Abhang hinunterrollten. Nach der Ortsmitte stampfte er den

Hügel hinauf, den es in einer einzigen Woge hinunterspülte, lehnte sich vor, während der Anstieg ihn immer mehr in die Knie zwang. Er beugte sich vor, die Fersen berührten kaum noch den Boden, die Knie wurden mit jedem Schritt hinauf mehr gespitzt. Er stützte sich darauf, die Schritte wurden kürzer, wurden schwerer. Außer Atem, sodass man sogar durch den Regen das Rasseln in seinen Lungen hörte, schnappte er nach Luft, blieb endlich stehen und richtete sich auf. Jedes Mal, wenn er Luft holte, blähte sich der Rücken auf, die Schultern gingen hoch und senkten sich, die Schulterblätter drückten bei jedem Atemzug gegen den robusten Stoff der Jacke. Der Regen beschoss seinen Körper, schlug auf den vollgesaugten Filz ein. Die Haare klebten am Hinterkopf, es rann ihm die Wölbung hinab über den Nacken in den Kragen, die Kleidung haftete auf der Haut.

Oben an der Gabelung, wo der Asphalt aufhörte und Schutt den weiteren Pfad markierte, stand Saul, mit dem Rücken zum Ort, und verharrte. Endlich, langsam und nur nach und nach drehte er seinen Kopf, drehte ihn allmählich zur Seite, immer weiter, sodass das Kinn den Kragen der linken Schulter streifte, der Oberkörper drehte sich mit, schrittweise hob sich der Blick. Noch sahen die Augen nach unten, aber je weiter sich der Kopf nach hinten bewegte, hoben sich die Lider, die Pupillen wanderten nach oben, wanderten immer weiter nach links, Saul drehte sich langsam um, während die Fußspitzen immer noch in Richtung der Anhöhe zeigten, er drehte seinen Kopf immer weiter, den Rumpf, die Pupillen wanderten nach oben, bis sie die Mitte des Augapfels erreichten, und da stoppten sie.

Sie fixierten einen Punkt, diesen einen Punkt, aus dem Saul beobachtet wurde, diesen einen Punkt, der ihm folgte, diese

Augen, die jeden seiner Schritte nachvollzogen, jede seiner Bewegungen überwachten, er fixierte sie, stierte in sie hinein. Der Regen strömte über sein Gesicht. Das Wasser rann ihm um die Lider, tröpfelte von den Wimpern hinab, lief über die Wangen. Saul blinzelte nicht, er heftete seinen Blick, stand reglos da, entschlossen, er schaute nicht, schaute diesmal nicht, sondern sah. Erwischt, ertappt hatte er diese Augen, die ihm so unmerklich zu folgen schienen, er sah sie direkt an. Belauert hatten sie ihn, beschattet, unbemerkt hatten sie ihm nachgeschnüffelt. Sie waren überall dabei, waren bei seiner Begegnung mit dem Tier dabei, waren da, als er sich die Zigarette angezündet hatte, anwesend, als er über die Ortschaft schritt und sich vom Regen vollquellen ließ. Sie waren ihm überallhin gefolgt und würden ihm von nun an weiter folgen, heimlich und im Verborgenen, dachten sie, aber Saul wusste um sie. Er sah sie an, durchbohrte sie mit seinem Blick, den schwarzen Iris.

Er nickte unmerklich, drehte langsam seinen Kopf wieder nach vorn, wandte sich um, hielt noch kurz inne und bog nach links ab, den Kieselweg hinauf.

Der feine Schotter prägte sich in den Schlamm unter seinen Sohlen ein, drückte sich in den Dreck und wurde mit jedem seiner Schritte fortgetragen. Saul ging den Hügel hinauf, je höher er stieg, desto mehr schrumpfte er in die Landschaft hinein. Immer kleiner und kleiner verschwand er oben in der Einfahrt.

1.

Mitten in der Nacht hatte der Regen abrupt aufgehört, als hätte man ihm den Hahn abgedreht. Saul öffnete die Augen, das schlagartige Verstummen hatte ihn geweckt. Er setzte sich auf, stellte die Füße auf den Boden – die Kälte schlug in die nackten Sohlen. Vom oberen Rahmen des kleinen Fensters ihm gegenüber schlitterten die verbliebenen Tropfen in Schleifen über die Scheibe. Saul nahm das Wasserglas vom Nachttisch, trank es leer. Er stand auf, holte sich Socken, schlüpfte in die Stiefel, ohne sie zuzubinden, warf sich den Mantel über und zog an der Tür zur Terrasse.

Durch die Feuchtigkeit hatte sich das Holz im Rahmen ausgedehnt, die Tür steckte fest, Saul riss sie mit einem unerwartet großen Kraftaufwand auf, sodass sie vibrierte, und trat über die Schwelle.

Kaum war er draußen, folgte jedem Atemzug ein dampfender Hauch. Jeder seiner wenigen Schritte zum Drahtsessel wurde von einem knarzenden Ton in den Dielen begleitet. Er ließ sich nieder und lehnte den Rücken gegen das weiße Drahtgeflecht. Die Kälte schockte seine Beine, alle Härchen stellten sich sofort auf. Er rieb sich die Oberarme, klemmte die Hände in die Armbeugen, um wenigstens die Finger warm zu halten, warf den Kopf zurück und atmete in einer Wolke aus.

Die überwinterten Grashalme, mit dicken Wassertropfen beladen, hielten deren Gewicht nicht stand, beugten sich bis zum Anschlag. Hin und wieder rutschten die schweren Wasserläufe ihre Buckel hinunter, verschwanden in der klammen Erde. Das Gewicht losgeworden, rappelten sich die Grasspitzen dennoch nicht mehr auf, faulten in den feuchtkalten Boden hinein.

Die Büsche um das Grundstück herum hatten sich aufgefächert, ihre dünnen, spitzen Zweige, die feinen Fühler in alle Richtungen gespreizt und waren erstarrt. Der größte der Bäume, die Platane, reckte sein krummes Astwerk wie Antennen zum Himmel, harrte, horchte in dessen einsame Weiten hinein. In einer Grabesstille warteten sie alle darauf, dass etwas passierte, warteten den ganzen Winter, dass ihre Verlassenheit bemerkt und erhört wurde, warteten und hofften, vergeblich.

Wie in einer Zeitstarre stand alles reglos da, in der Sekunde erschlagen. Überallhin hatte sich die Dunkelheit ausgeschwärmt. Schweigend saß sie im Gewirr der Sträucher, im fädigen Gewirr der Ruten, saß im hart getrockneten Laub, in jede Leerstelle, jeden Spalt hatte sie sich eingeschlichen. Alles hatte sie sich einverleibt, saß da und lauerte, starrte aus ihrer Leere, mit ihren tausend Augen, die dunkle Materie, die alles in sich eingemummt hatte.

Nur auf der Wäscheleine, mitten auf der Wiese zwischen zwei Pfählen gespannt, rutschten verstohlen die Tropfen in die Mitte des locker angebrachten Seils, hingen einen Moment lang mit ihrem gesamten Gewicht dran, und sobald der Nachschub kam, fielen sie geräuschlos auf die Erde.

Saul saß auf seinem Stuhl, starrte unverwandt auf die einzige Zeitigkeit, die sich in diese Starre eingeschleust hatte, und beobachtete einen Tropfen nach dem anderen, deren Abgleiten in immer größeren Abständen geschah. Langsam stahl sich auch das Licht zwischen die eisenfarbene Masse des Himmels ein und zerteilte sie in Wolken. Aus den Bäumen, wo die Dunkelheit gerade noch alles totgeschwiegen hatte, begann es zu zwitschern. Der Tag kündigte sich an.

2.

Er musste auf dem Stuhl kurz eingenickt sein. Saul öffnete die Augen, das gräuliche Tageslicht hatte jegliche Erinnerung an den Traum ausgelöscht. Er lehnte sich vor, die Glieder, in der morgendlichen Kälte steif geworden, ließen sich nur schwer bewegen. Er beugte den Kopf, buckelte seinen Rücken und spürte jedes Knötchen, das sich in den Muskeln eingenistet hatte. Es rasselte leise aus ihm, über die Dauer des Schlafs hatte sich der übliche Belag in seinen Lungen angesammelt, der dicke, zähe Film hatte seine Lungen eingepuppt, er hustete ihn ab und machte diesem lebensvernichtenden Gespinst mal wieder einen Strich durch die Rechnung.

Saul erhob sich, verließ die Terrasse und setzte einen Kaffee auf.

Der Espressokocher röchelte, lauter als das Geräusch in Sauls Rumpf, er hob frühzeitig den Deckel an, Schaum spritzte aus dem Steigrohr. Er goss den Kaffee in eine kleine Tasse und trank ihn am Herd, gedankenverloren, an die Kochzeile gelehnt. Mit dem Kaffee schnell fertig geworden, stellte er die Tasse auf die heiße Herdplatte – der braune Ring auf dem weißen Boden krustete sofort ein. Er erschrak, als seine Finger den Henkel berührten, um die Tasse in die Spüle zu stellen, sie fiel zu Boden und brach in mehrere grobe Scherben.

Der Bohrhammer drillte sich unter die Fliese. Der schwingende, in seiner Bewegung unsichtbare, aufgelöste Aufsatz stemmte die Fliese hoch, knackte sie entzwei und hinterließ eine Staubwolke, sobald sie auf dem Boden aufkam. Nach und nach fiel eine nach der anderen auf den Beton, krachte auseinander, die Wand wurde nackter, wurde immer kahler, bis sie nichts mehr bedeckte als der verschmierte, verhärtete Zementkleber mit dem Abdruck der Fliesen.

Eine Kolonne der Bruchstücke, aufeinander getürmt, zog sich entlang, eine Zeile geometrischer Körper, durch Zufall bedingter Formen, Mutationen der Mathematik. Saul stellte den Bohrer ab – abrupt kehrte Ruhe in den Raum. Der Lärm echote noch in den Ohren und vertonte so den aufgewühlten Staub, der auf dem Boden landete. Die feinen Körner surrten leise in der Luft, wimmelten herum. Saul stieß mit der Schaufel unter den Haufen, lud einen Teil auf den Schubkarren und fuhr ihn hinaus. Irgendwo draußen hörte man ihn den Schutt kippen, auf einen schon vorhandenen Berg, kippte ihn womöglich in einen Container, Schutt auf Schutt, es hallte von draußen hinein. Er betrat, von einer Staubwolke umrissen, den Raum, packte eine weitere Ladung auf den Karren und kehrte dann erneut vor Staub qualmend zurück. So ging es mehrere Male, bis er endlich mit leeren Händen wiederkam.

Saul steuerte den umgedrehten leeren Wasserkasten an, vor der Wand ihm gegenüber, setzte sich darauf und lehnte sich mit dem Rücken gegen den Beton. Das Licht, das von oben fiel, erhellte sein Gesicht, blendete, sodass er die Augen schließen musste, und wärmte die Haut.

Blind kramte er die Zigarettenschachtel aus seiner Jackentasche, drehte sie schräg auf den Kopf, klopfte auf den Packungsboden. Mit dem Filteransatz zuerst fiel aus der spärlichen Öffnung eine Zigarette heraus, Saul löste den Kopf von der Wand, öffnete die Augen, klemmte sich das Mundstück zwischen die Lippen und hielt das Feuer ans Ende. Sobald die Zigarette zündete, ließ er sich wieder zurückfallen und atmete aus.

Die Glut fraß sich durch den trockenen Blätterschnitt und ergraute zu Asche. Der Schwanz des Dunstes verschwand beim ersten Zug in der Mundhöhle, Saul hustete auf, als der Rauch in seine Lungen drang, er beugte sich vor, hustete in die schlaffe Faust und lehnte sich wieder nach hinten.

Winzige Staubpartikel umschwirrten ihn, ahmten grob seine Silhouette nach. Sie wagten kaum, ihn zu berühren, den unantastbaren, warmen Körper. Eine trübe Materie bildete einen Kranz um ihn, ein sanfter Schimmer umhüllte seine Gestalt, ein Schwarm aus Leuchtpartikeln, die mit ihren winzigen Körpern um ihn herum stoben, von seiner Statur gefangen genommen. Manche schafften es nicht länger, sich in der Luft zu halten, senkten sich nieder, bedeckten allmählich seinen Körper, seine Schultern, ließen sich auf seine Haare hinab.

Die Zigarette aschte sich auf den kahlen Boden ab, bis die Glut am Filter scheiterte. Saul warf den Stummel auf den Haufen, den er am vorigen Tag zusammengekehrt hatte, Überbleibsel des Schutts, zu fein für die Schaufel, Zementpulver, Mörtelasche, die sich in der Ecke türmten. Er betrachtete die leeren Wände, auf die der Besitzer vor ihm diesen Zementbrei geklatscht hatte, um sie dann zu fliesen. Diesen aschfarbenen, weichen Beton hatte man mit Kacheln vollgekleistert, den seelenlosen, falben, in Farbe einer kränklichen Haut. Auf diesen Beton hatte man Gips geschmiert, seine Zartheit bekleckert und eine Kachel nach der anderen aufgedrückt. Mit seinen Händen, seinem Gewicht hatte dieser Mensch eine Fliese nach der anderen hineingeprägt, hatte sich hineingeprägt, seine Vorstellung von diesem Raum, sein

Ich. Die gefliesten Wände hatten dieses Ich ausrufen sollen, jede Fliese hatte Ich! gerufen, ich, ich, ich, ich, Ich. Man hatte diesen Wänden ein Ich aufgedrängt, gegen ihre eigene Identität verstoßen, diese zurückhaltende, bescheidene Identität. Überall, in jeder Fliese, jedem Zwischenspalt, jedem Winkel hatte man dieses fremde, dem Menschen zugehörige Ich eingefangen. Man hatte alle vier Betonwände in Ich-Vierecke eingegittert, einen Käfig hatte man aus ihnen gemacht, man hatte sie in Gefangenschaft genommen, in Verwahrung eines Ichs gebracht.

Tagelang hatte Saul die Fliesen abgetragen. Jeden Zentimeter hatte er mit dem Bohrhammer bearbeitet, jede Kachel sorgfältig entfernt und die Wände ihrem ursprünglichen Zustand näher gebracht. Die Überbleibsel dieser Ich-Vereinnahmung hatten aufgetürmt auf dem Boden gelegen, alles, was vom Menschen übrig blieb, waren Häufchen seines Willens, kleine Zeilen seines Seins.

Noch bedeckten eingehärtete Zementbuckel, höckerige Kleberreste und Schmierereien aus Gips die Wände, aber langsam offenbarte sich der Beton unter ihnen. Ein ins Bläuliche abdriftender Gigant, den diese Parasiten befallen hatten.

Saul ließ sich das Gesicht vom Licht erwärmen. Eine ganze Weile saß er noch mit geschlossenen Augen gegen die Wand gelehnt. Sobald der Schein aber zu schwinden begann, erhob er sich, packte seine Sachen zusammen und verließ den Wal.

3.

Die Nacht hatte die Luft so heruntergekühlt, dass der Atem in dichten Wolken aus dem Mund quoll. Saul bürdete sich den schweren Filzmantel auf, steckte die Arme hindurch und drückte die noch dran gebliebenen großen Knöpfe durch die schmalen Ösen. Er spazierte aus dem Garten, ohne die Zauntür hinter sich zu schließen, und bog nach rechts ab, weg von der Ortschaft. Mit jedem Schritt, mit dem er sich von seinem Grundstück entfernte, baumelte der grobe Filzkörper an ihm. Saul lief den Hügel hinauf, bis er einen Kamm erreichte. Er wanderte über den fußbreiten Pfad, der zu einer Wiese führte. Die schmale Linie, entlang der er lief, sollte jetzt in diesem Augenblick das feuchte Gras unter seinen Füßen spalten, aber nichts konnte man erkennen, der Boden war in komplette Schwärze getaucht. Der Pfad hackte sich unbemerkbar durch die klamme Weide, während sie ihren Moder in die Nachtluft entließ.

Saul lief aus dem Gedächtnis durch das schwarze Nichts unter ihm, bis es sich, einer schwarzen Mauer gleich, nun auch vor ihm aufgebaut hatte.

Als hätte man ihm das Augenlicht genommen, stand er davor, vor einer alles auslöschenden Materie. Langsam hob er die Hand, streckte sie nach vorne und tauchte sie in die dickflüssige Finsternis. Eine Finsternis, die sich langsam über die Kuppen ausbreitete, sich über die Knöchel zog, sich um die Finger wickelte, die Haut in sich einhüllte. Ihr Saum glitt über den Handrücken, deckte langsam die Hand ein, bis zum Gelenk – Saul hielt inne.

Den untersten Teil des Arms an die Finsternis verloren, starrte er in die Leere. Vielleicht bewegte er seine Finger, aber in dieser Schwärze war alles nur eine Phantombewegung, eine Mutmaßung statt einer Gliedmaße. Selten wurde man seinen Körper so schmerzlos los wie an diese Dunkelheit.

Allmählich hob Saul seinen Kopf. Die Tannenwipfel rissen fraktalartig den Sternenhimmel in die völlige Finsternis ab. Die eine Hälfte vom leuchtenden Staub durchsiebt, fiel die andere schlagartig ins abyssische Schwarz des Waldes ab.

Er sah wieder nach vorne. Die Augen auf die vollkommene Dunkelheit gerichtet, waren sie von einem Ziel befreit. Der Blick zerstreute sich in den Augäpfeln, die Iris lagen schief in der weißen Lederhaut. Saul setzte einen Schritt nach vorne, einen weiteren, und langsam hüllte ihn die Schwärze komplett in ihren Mantel ein. Noch eine Weile war das Brechen der Zweige zu hören, es knackte, knackte immer leiser, und schon kehrte absolute Stille ein.

Der Abgrund unter ihm zerrann gewöhnlich zu einer weichen, hügeligen Landschaft. Saul stand am höchsten Punkt. Unter ihm, irgendwo im Tal, musste dieses Haus sein, versteckt unter den Baumkronen, das sich zu später Stunde immer durch das bescheidene Licht in einem der Fenster verriet. Aber nichts brannte dort gerade, alles tarnte sich in diesem Schwarz. Unmöglich, jetzt noch die schmale Straße zu erkennen, die sich durch die Hügel schlängelte, nur um in der Ferne von dem immergrünen Wald verschluckt zu werden.

Wie mit einem Kinnhaken versuchte der aufgekommene Wind, Saul zurückzustoßen. Er musste ihm standhalten, um nicht nach hinten zu kippen. Das schwarze Haar wehte er ihm aus dem Gesicht, entblößte es, der Zug blies ihm fast die Kleidung vom Körper. Die Luft drang durch den Mund, durch die Nase, ein Lufthieb drang durch das Luftrohr in die Lungen, füllte, pumpte die beiden Flügel voll, sodass sie gegen den Rippenkäfig drückten. Prall geworden, quetschten sich die Lungen gegen die Rippen, alles in seinem Rumpf weitete sich, der Bauch trat hervor, alles mit Leere gefüllt, er hätte platzen können. Saul taumelte und spannte den gesamten Körper an. Er stockte und atmete langsam aus, schrumpfte auf sein übliches Sein zurück.

In dämmerblaue Haut gehüllt, stand er da und ließ sich von den Luftstößen anschlagen. Der Wind versetzte ihm mehrere Hiebe ins Gesicht, stieß ihn mit Gewalt zurück, rempelte ihn an. Saul hätte sich nach vorne fallen lassen können, hin zum Abgrund, und es wäre nichts passiert. Die Stöße prallten auf ihn von vorne, rammten ihn an der linken Schulter, der rechten, schlugen auf ihn ein, schlugen aufeinander ein. Saul schloss die ausgetrockneten Augen und ließ sich vom Wind durchfegen. An den Haarwurzeln zog es, die Haare peitschten ihm ins Gesicht, in Strähnen schleuderte es sie hin und her, und plötzlich, unerwartet, schlug der Wind so heftig zu, dass Saul leicht nach hinten kippte. Um die Balance in den Griff zu bekommen, riss er die Augen auf und machte einen Schritt zurück, um sich gerade noch auf den Beinen zu halten.

Da sah er sie. Sie stand ruhig neben ihm, die Haare wanden sich wie aufgescheuchte Schlangen, aber sie stand regungslos, vom Wind wie unberührt. Den Blick nach vorne gerichtet, schaute sie in die weite Dunkelheit, schaute, ohne zu blinzeln, stand wie errichtet neben ihm, einen Schritt weg vom Abgrund.

Jedes Mal, wenn ihre Haare aus dem Gesicht flogen, erhaschten seine Augen ihre Züge. Ein Profil wie jedes andere, er hätte sie kennen können, hätte sie in dieser Ortschaft jeden Tag zufällig passieren können, und sie wäre ihm wahrscheinlich nicht aufgefallen. Sie starrte in die Ferne, heftete ihren Blick entschlossen auf etwas. Er versuchte, den Weg ihrer Pupillen nachzuverfolgen, sah ebenfalls in die Weiten der Nacht, aber da gab es keinen Punkt, den sie hätte fixieren können. Mehrmals blickte er auf sie, seine Augen wanderten zum Tal, wanderten zurück zu ihr, aber ratlos stand er daneben. Sein Mund öffnete sich, etwas Kurzes, an sie Gerichtetes entschwand ihm, aber der Wind hatte es stumm gepfiffen. Er versuchte es nochmal. Seine Kehle presste Laute hervor, die die Zunge und die Lippen mit Bedeutung versahen, aber erneut war jedes Wort im Wind untergegangen. Diesmal spannte er seinen gesamten Körper an, holte tief Luft, die Stimme stieg aus seinem Inneren, aus dem Bauch in den Rachen, bahnte sich ihren Weg durch die Mundhöhle, die Zunge streifte sachte den Gaumen, streifte die Zahnreihen, die Lippen trafen sich und fuhren auseinander, taten alles, um dem, was da herauskam, einen Sinn zu geben, um die Buchstaben unterscheidbar zu machen, die hörbaren, die stummen, die sich zu einem Guss, einem Satz verschmolzen hatten, zu einer sinntragenden Masse hatten sich die einzelnen Wörter geschweißt, aus Wörtern wurden Worte – aber nichts war von alledem zu hören, immer noch das unartikulierte Wiehern des Windes, das sich durch den hohlen Abgrund jagte.

Der Himmel auf Augenhöhe, färbte er sich in ein düsteres Grau, und langsam ließen sich die Hügelspitzen erkennen.

Der Wind blies Saul die Haare aus dem Gesicht. Er taumelte erschrocken und stützte sich mit einem Schritt nach hinten. Kaum hatte er sich bewegt, drehte sie ihren Kopf in seine Richtung, drehte ihn wie ein Greifvogel zu ihm, nur den Kopf am unbewegten Körper, und heftete ihre Augen auf ihn. Für eine einzige Sekunde weiteten sich ihre Pupillen und schrumpften sogleich auf einen Punkt zurück. Saul stand wie erschlagen da, nichts regte sich an ihm, der Wind pfiff durch seine Ohren, pfiff durch seine Nase, pfiff durch seinen Körper. Sie starrten sich an, aber weder er noch sie rührte sich. Sauls Mund brach diesen Stillstand. Die Laute, bedeutungsbeladen, drückten sich wieder durch seinen Rachen, wie Knollen würgten sie sich hoch und, durch die Lippen geformt, gewannen sie erneut an Gehalt. Er sprach, aber auch diesmal hatte der Wind jeden einzelnen Ton in seinem Heulen erstickt. Nur Saul wusste um den Inhalt dieser Laute, nichts war jedoch zu ihr durchgekommen. Sie starrte immer noch auf ihn, ohne zu blinzeln. Saul rappelte sich auf, hartnäckig wiederholte er seinen Satz, der jedes Mal vom Wüten des Windes zunichtegemacht wurde. Er ballte seine Fäuste und brüllte ihn nochmal, schrie ihn gegen den Wind, der ihn immer wieder auslöschte, Saul wiederholte den gleichen Satz, wiederholte ihn, bis er seinen Sinn verlor, wiederholte ihn, bis jedes einzelne Wort zu einer Ansammlung an Lauten verkam, er wiederholte sie trotzdem, bis zur Verzweiflung brüllte er gegen diesen Lärm, aber nichts erklang, nichts bahnte sich seinen Weg zu ihr. Saul riss seine Augen auf und, statt einen neuen Versuch zu wagen, entließ er diesmal einen Schrei, einen wortlosen, verwahrlosten Schrei. Mit einem Mal legte sich der Wind, von einem Moment auf den anderen brach das Tosen ab, schlagartig fielen die flatternden Haarenden auf die Schultern, die unbändige Kleidung hörte auf, sich vom Körper losreißen zu wollen. Nur der Schrei durchschnitt die Luft. Diese vom Körper losgerissene Stimme schmetterte sich durch die Leere, echote durch das Tal, hallte zurück und drang in Sauls Ohren – er erschrak. Er fuhr zusammen, klappte den Mund zu, und sein Blick sprang sofort zu ihr. In Angst, bei ihr das gleiche Entsetzen hervorgerufen zu haben, richtete er besorgt seine Augen auf sie, nur um festzustellen, dass sich nichts in ihrem Ausdruck verändert hatte. Von seinem Ausbruch unbeeindruckt, sah sie ihn an, stierte teilnahmslos in seine Augen, dann, endlich, wandte sich ihr Blick von ihm ab und verlagerte sich auf den Wald hinter ihm.

Statt dem finsteren Wall waren schwarzgrüne, hochgewachsene Fichten in Erscheinung getreten, aber nur in den vorderen Reihen, während im Waldinneren weiterhin surrende Dunkelheit lauerte. Saul folgte ihrem Blick. Kaum hatte er ihn auf den Wald geheftet, sah er sie schon an sich vorbeiziehen. Sie passierte ihn geräuschlos, wie ein Gespenst, und peilte das undurchdringbare Baumwerk an. Sie bewegte sich geschickt durch den Irrgarten herumliegender Zweige voran und, in der Entfernung zu einer winzigen Figur geworden, verschwand sie bald hinter den groben Stämmen.

Sie blieb stehen, sobald sie es in ihrer Nähe knacken gehört hatte, wandte sich um und sah Saul wortlos ins Gesicht. Zwischen die Einkerbungen ihrer Brauen hatte sich die Dunkelheit gebettet. Zwischen die Lippen hatte sie sich geschlichen, unter die Augen, hatte die feinen Zuglinien zu schwarzen Flecken ausgedehnt. Jede Einbuchtung und Furche füllte sie mit ihrer dunklen Materie. Die Nacht klammerte sich an jede Gelegenheit, um sich zu erhalten, bevor sie sich vom Tag fortjagen ließ.

Sie setzte ihren Gang erst dann fort, nachdem Saul mehrere Schritte von ihr weggetreten war, sich um mehrere Meter von ihr entfernt hatte, sodass der Abstand zwischen ihnen so groß war, dass sie füreinander keine Menschengröße mehr darstellten. So liefen sie durch den Wald, während das Morgenlicht sich verhalten durch die Wipfel fallen ließ. Je länger sie liefen, desto tiefer versuchte es hindurchzudringen, aber gelangte nicht weit über die Spitzen hinaus. Jeder Ast, schwer herunterhängend, schirmte den Anbruch des Tages ab, beherbergte die Nacht, die dort zumindest noch die nächsten paar Stunden walten durfte, nur noch in den kleinsten Verstecken des Zweigwerks, um dann Stunden später mit gesammelter Kraft wieder den Tag in Gewahrsam zu nehmen.

Sie stampften über wuchernden Efeu – Blätter wie deformierte Hände, zusammengeschmolzene Fingerglieder, schmarotzten sich aus dem Boden durch die gesamte Landschaft. Seine Sprossachsen krochen über Baumstämme, verholzten und rissen sie langsam in den lichtlosen Tod. Unter den Fußsohlen knacksten die abgefallenen, ausgetrockneten Zweige, wie Baumgebeine. Saul lief von Stamm zu Stamm, folgte jedem ihrer Schritte, bis der Wald abrupt aufhörte.

Mitten im Morgen stand sie unter dem kahlen, weißen Himmel. Mitten im Morgen holte Saul sie ein, die mit dem Ende der Dunkelheit stehen blieb. Er trat aus dem Wald, sie standen nebeneinander da.

4.

Der Löffel schlug gegen das feine Porzellan, als sie den Zucker in ihrem Kaffee auflöste. Sie rührte, obwohl die kleinen Kristalle sich längst verflüssigt haben mussten, rührte die Temperatur aus dem Getränk und stierte gedankenverloren in den Strudel vor sich. Nach einer Weile nahm sie den Löffel heraus, klopfte damit auf den Tassenrand und legte ihn auf den Stehtisch.

Nebeneinander, auch wenn zwei Meter dazwischen, waren sie die Straße hinuntergelaufen. Hin und wieder schielte Saul verstohlen zu ihr, aber sie lief geradeaus, ohne auch nur einmal seinen Blick zu erwidern. Als sie sich dem Café näherten, streckte Saul mechanisch seinen Arm nach ihr aus, tippte sie sachte mit dem Handrücken am Oberarm an und, als sie ihre Augen auf seine Hand heftete, deutete er auf das Schild, während ihr Blick seinem Zeigefinger folgte.

Durch die Scheibe sah man den Barista, mit einer langen grünen Schürze bekleidet, die Stühle aufstellen. Kaum hatte Saul die Tür aufgestoßen, klingelte es über ihren Köpfen, das erste Geräusch, seitdem sie das menschenlose Schweigen des Waldes hinter sich gelassen hatten. Sie blickten beide automatisch nach oben, Saul gerade noch über die Schwelle getreten, sie direkt hinter ihm. Der metallene Durchgangsmelder hatte die Stille kaputtgeschrillt und war kurz darauf wieder verstummt, sobald er seinen Zweck erfüllt hatte. Der Barista sah sie an, ein hoher Hocker noch in seinen Händen, hielt inne und ließ ihn langsam hinunter, ohne den Blick von seinen ersten Gästen zu lösen.

Saul räusperte sich. Der erste Versuch, sich einen Kaffee zu bestellen, ging daneben, die Stimme versagte im ersten Moment. Nachdem er sich für einen Schwarzen ohne alles entschieden hatte, drehte er sich fragend zu ihr, aber sie erwiderte nichts, musterte bloß die Wände des Cafés. Saul wandte sich wieder zum Barista um und hob zwei Finger nach oben.

Einen Berg Zucker und drei Behälter Kaffeesahne kippte sie in die pechschwarze Flüssigkeit. Beige Schwalle wölkten auf und verfärbten den Kaffee hellbraun, die Tasse füllte sich bis an den Rand, büßte ihre Hitze ein. In kleinen Schritten und ohne das Behältnis aus dem Blick zu lassen, trug sie es mit beiden Händen hinaus, während Saul ihr die Tür aufhielt. Der Durchgangsmelder klingelte wieder, aber sie lief unbeeindruckt die zwei Stufen hinab und peilte einen der Stehtische draußen an. Saul beobachtete stillschweigend das Geschehen und folgte ihr letztendlich, nachdem sie ihren Kaffee abgestellt hatte.

Sie schlürfte beim Trinken, obwohl die Flüssigkeit nicht heiß war. Irgendwann, bei der Hälfte, kramte sie aus ihrer Manteltasche Rauchzeug hervor, drehte sich eine Zigarette und schob den Haufen zu Saul hinüber, ohne ihn auch nur anzusehen. Während er seine Zigarette vorbereitete, hatte sie sich ihre angezündet, rauchte sie im Stillen, bevor sie vom Klopfen an der Fensterscheibe unterbrochen wurde. Beide drehten sie den Kopf nach hinten, der Barista rieb zwei Finger an den Daumen, Saul legte die Zigarette an den Tischrand, holte seinen Geldbeutel aus der Innentasche und ging ins Café.

Er zahlte, gab großzügig Trinkgeld und, als er an der Theke stehend nach draußen sah, hatte sich seine Vorahnung, die sich leise beim Betreten angekündigt hatte, bestätigt: Auf den weißen Stehtischen standen zwei Tassen, und es wartete auf ihn – niemand.

5.

Er rutschte beinahe aus, als er den Hügel hinunterlief. Der Kies, den man vor Monaten auf den Asphalt geschüttet hatte, um dem Glatteis entgegenzuwirken, bedeckte noch spärlich die Straße und stellte eine neue Gefahr dar, vor allem wenn die Füße wie von selbst den Abhang hinuntermarschierten. Saul fing sich zwar, aber lief von da an mit einer anderen Aufmerksamkeit, auch wenn er die Geschwindigkeit seines Gangs kaum kontrollieren konnte. Je weiter er nach unten kam, desto schneller bewegten sich die Füße voran, in unaufhaltsamen Schritten stieg er hinab und näherte sich der Ortsmitte. Kaum war er unten, verlangsamte er seinen Marsch, die Steinchen rollten unter ihm davon, er hörte ihr sachtes Aufschlagen auf den Straßenbelag. Bald waren auch die letzten unter ihnen zum Erliegen gekommen, und ganz plötzlich wurde es still um ihn.

Erst als er an die Tür herantrat, wurden Geräusche hörbar – dumpfe Stimmen, Klirren der Gläser. Er legte seine Hand auf das Holz, spürte die seichten Rillen, die sich darauf wie dürre Adern entlangzogen, drückte dagegen, aber es geschah nichts. Die Feuchtigkeit, seit Wochen in der Luft, hatte sich ins Holz eingeschlichen, hatte sich darin breitgemacht und den einfachen Zutritt zur Schankwirtschaft verbarrikadiert. Wäre es nicht der Rahmen, der sie im Griff hielt, wäre die Tür wahrscheinlich weiter angeschwollen, aus dem Viereckigen heraus, wäre immer mehr mutiert, bis zur Unerkennbarkeit, hätte sich von ihrem Zweck gelöst. Aber Saul war hartnäckig geblieben, er drückte fest dagegen, stieß sie mit der Schulter auf und schleuderte sie damit aus der Einzäunung.

Kaum flog sie auf, hafteten einige wenige Blicke auf ihm, flüchtig, um den Neuzugang zu registrieren. Schon wandten sich die paar Köpfe ab und widmeten sich wieder ihrer ursprünglichen Beschäftigung.

Wie üblich blickte Saul als Erstes nach links zu den Viererernischen entlang der Fensterfront, wo er immer saß, erspähte sofort eine freie, die letzte in dieser Viererreihe, steuerte sie an und setzte sich mit dem Rücken zur Wand, sodass er den Überblick über die komplette Wirtschaft behielt. Er lehnte sich gegen den Tisch, beugte sich vor und sah sich um. Kaum wanderten seine Augen über den Tresen, stand der Wirt neben ihm, nickte ihm zur Begrüßung zu und brachte ihm ein Bier. Saul umfasste den verschwitzten Krug, der sofort nach dem Abstellen einen unebenen Ring in den Deckel eingemorscht hatte, und fuhr sich den Rand an den Mund.

Er konnte den Weg des ersten Schlucks genau nachverfolgen, bis dieser im Magen angekommen war. Die Kälte breitete sich in seiner Brust kurz aus, Saul krümmte sich in seinem Mantel zusammen, zog sich wie in einen Panzer zurück. Die Schulternähte, die schon sowieso über dem Oberarmansatz hervorstanden, ragten nun wie Hörner in die Seiten, er versank in diesem Filzkörper, nur der Kopf schaute wie ein lästiges Glied hervor, das nicht zum Ganzen gehören wollte.

Der Krug war nur noch zu einem Drittel gefüllt, und Saul hielt ihn mit beiden Händen auf dem Tisch umfasst. Darüber gebeugt und in sich versunken, hingen ihm die Haare ins Glas, während das Schaummuster an den Wänden immer mehr eintrocknete. Durch die willkürlichen Ornamente starrte er auf den bernsteinfarbenen Inhalt, die Augenbrauen zusammengezogen, die Unterlippe schlaff, glänzte noch von dem letzten Schluck. Saul zog sie ein, nahm den Krug am Henkel und kippte den Rest des Biers hinunter. Das Schaumwölkchen rutschte die glatte Glaswand entlang, kam auf dem Boden auf und glitt ins Flüssige auseinander.

»Ein Zufall war's und nichts als Zufall.«

»Niemals, es war geplant.«

Der Hinterkopf vor ihm, ein kurzgeschorener, spaltete sich in zwei Stimmen, fiel in zwei Timbres auseinander, die sich gegenseitig widersprachen.

»Wer plant denn so was?«

»Jemand, der einen guten Sinn für Humor hat.«

»Das ist nicht lustig, das ist morbide!«

»Gut, morbiden Sinn für Humor.«

»Du hältst das für witzig?«

»Ich hab gelacht.«

»Die ganzen Leute … die Alten, sie hätten doch vor Schreck umfallen, hätten einen Herzinfarkt kriegen können, einfach so, vor Schock, hast du daran gedacht?«

»Dann hätte man zwei Fliegen mit einer Klappe geschlagen. Wo sonst, wenn nicht in einem Bestattungsinstitut krepieren?« Die Stimme hinter dem Hinterkopf lachte.

»Ich fass es nicht!«

»Oh, hab dich nicht so. Ist ja nichts passiert. Wenn was passiert wäre, wäre es überall in den Zeitungen, es ist aber nichts passiert, alle sind anscheinend wieder gesund und munter aus dem Saal marschiert.«

»Das war doch ein Glücksfall!«

»Übertreib nicht.«

»Ich fass es nicht! Du kommst zu einer Beerdigung, siehst den Toten gerade noch im Sarg liegen, aufgebahrt, und schon steht er vor dir! Einfach so! Gerade noch im Sarg und dann plötzlich vor dir! Du drehst dich um – Leiche, schaust wieder geradeaus – Geist! Ich wär selbst vor Schock erstarrt, mir wär das Herz stehen geblieben!«

»War ja kein Geist. War der Bruder, der vor denen stand.«

»Ja das wissen die anderen doch nicht! Die wissen doch nicht, dass der da, der vor ihnen steht, der Bruder ist! Der Tote hat doch niemandem erzählt, dass er einen Zwilling hat, den er zu seiner Beerdigung eingeladen hat, ohne dem Dorf Bescheid zu sagen! Niemand wusste davon! … Du lachst? Das ist krank! Das ist grausam! Das ist ein kaltblütiges Experiment, ein herzloser Scherz, wenn es einer war. Das muss ein Versehen gewesen sein, nein, ich glaube nicht, dass es beabsichtigt war, das ist zynisch, das ist boshaft! Ich kann nicht glauben, dass du darüber lachen kannst! Hör auf!

Das ist Grausamkeit, reine Grausamkeit! Reine Grausamkeit von ihm, reine Grausamkeit von dir! Du lachst? Das grenzt an Psychopathie, so etwas witzig zu finden! Das ist auch Sadismus vom Verstorbenen, Leute da für eine absurde Situation zu benutzen, für einen Scherz, mit ihren Gefühlen, ihrer Gesundheit zu spielen … Warum tut man so was? Das ist doch alles kein Spiel, das ist nicht witzig! Hör auf zu lachen, hör endlich auf damit!«

Der Hinterkopf schlug mit der Faust gegen die Tischplatte, sprang auf, steckte eine Hand in seine Hosentasche, warf einen zerknüllten Geldschein auf den Tisch, quetschte sich aus der Sitznische und eilte davon.

Sauls Atem stockte für eine Sekunde.

Sie saß da, saß vor ihm, ihre Augen trafen sich, als sie,

von ihrem Gegenüber verlassen, in aller Ruhe an ihrem Bier nippte. Die zweite Stimme war die ihre, sie hatte ihr Gesicht angenommen, ihren Körper, hatte sich ihr angekörpert, das bekannte Gesicht, das er vor zwei Wochen noch in der Morgendämmerung angebrüllt hatte, das stille, lautlose Gesicht, das seinen stummen Schrei ausgehalten hatte. Sie sah ihn an, das Lachen steckte ihr noch in den Mundwinkeln, steckte noch in ihren Augen, und sie hielt still. Sauls Blick, wie eingerastet, haftete auf ihr. Er starrte sie an, während ihr das Lachen immer mehr aus dem Gesicht wich. Sie blickte zur Seite, schielte nach hinten, ob sein Blick jemand anderem galt als ihr, drehte den Kopf wieder zu ihm und sah ihn an.

»Kannst ja doch reden.« Seine Stimme presste sich durch die unbewegten Lippen.

Sie kniff die Augen zusammen und erwiderte nichts. Die Finger wanderten vom Krughenkel zum Tisch, abwechselnd klopfte sie mit ihnen gegen das Holz, eine Fingerkuppe nach der anderen schlug einen Rhythmus, ihr Blick blieb auf Saul haften.

Er nahm seinen Krug und kippte den Bierrest hinunter, sie tat es ihm gleich.

Während er seine Augen endlich von ihr abwandte und sie über die Wirtschaft wandern ließ, musterte sie ihn. Dann drehte sie ihren Kopf zur Theke, suchte den Blick des Wirts, hob ihre Hand und, sobald er sie registrierte, machte sie aus fünf Fingern zwei. Nur wenig später brachte er zwei Bier, stellte beide bei ihr ab und ging davon.

Q erhob sich, nahm die beiden Krüge in die Hand, trat an Sauls Tisch.

»Ist das jetzt dein Zeichen der Versöhnung?«, brummte er.

Sie quetschte sich in die Nische und ließ sich auf die Bank ihm gegenüber fallen. Schweigend sah sie ihn an, schüttelte unmerklich den Kopf.

»Ein Zeichen der Aufmerksamkeit ist es höchstens, dein Bier ist ja leer.«

Sie hob ihren Krug an und hielt ihn ihm entgegen. Saul tat es ihr gleich, zögerlich, sie stieß mit ihrem gegen seinen und nahm drei große Schlucke. Mit einer Handbewegung wischte sie sich den Schaum von den Lippen weg.

»Du bist der Neue.«

Saul blickte sie wortlos an.

»Ich frag ja nur. Will nur sichergehen.«

Auch diesen Satz ließ er unbeantwortet, sah hinunter zu seinen beiden Händen, die spröden Knöchel von dunkelroten Punkten übersät. Eine verkrustete Streu bedeckte seine Haut. Auf den hervorstehenden, runden Knochen waren tropfenförmige Reliefs verteilt, Blutrinde von Verletzungen, die er nicht wahrgenommen hatte.

»Du bist der, der den Wal angekauft hat, nicht? Diesen Bau am Rand, bei den Äckern.«

Sauls Blick wanderte zu ihr.

»Man spricht von dir, als wärst du ein Gespenst.«

Die Krone auf dem Bier, das für Saul gedacht war, hatte sich im Bernsteinfarbenen aufgelöst. Nur ein schmaler, weißer Ring aus winzigen Bläschen an der Glaswand erinnerte an ihr einstiges Bestehen.

»Kaum einer sieht dich, aber jeder weiß von dir. Sie verschweigen dich alle zwar, finden dich unheimlich, glaube ich, aber *wenn* sie von dir sprechen, dann so, als gäb's dich nicht wirklich. Ich dachte ja immer, die hätten dich ausgedacht. Ich frage immer, wie ist er so, aber niemand weiß es, sagen nur, der arbeitet da im Wal, schuftet vor sich hin, aber keiner hat mit dir je ein Wort gesprochen, stimmt's?«

Saul hatte seine Augen keinen Millimeter von ihr bewegt.

»Bist auch einfach aufgetaucht und verschwunden, da vorm Tal. Wie ein Phantom. Ist ja auch fraglich, ob das Ganze überhaupt stattgefunden hat«, entgegnete er endlich, aber Q nahm bloß einen Schluck von ihrem Bier und sprach, als hätte es seinen Einwurf nicht gegeben:

»Trink doch, worauf wartest du?«

Er musste die Haut am verhärteten Gips aufgeschürft haben, als er versucht hatte, ihn vom Beton zu entfernen. Die frischen Kratzer, deren bräunliches Rot am hellsten war, lagen nur wenige Stunden zurück. Es waren auffällige Schrammen, tiefer als sonst. Saul stierte auf seine Hände und las die Chronik des Tages an der Form, Größe und Verfärbung seiner Verletzungen ab.

»Kann ich mir das mal anschauen?«

Saul hob seinen Kopf, seine Augen wanderten wieder zu ihr.

»Kann ich?«

Er sah zu seiner Hand, sah zurück zu Q, kratzte sich ratlos am Kopf, mit derselben Hand, die sie anscheinend sehen wollte. Er streckte sie ihr zögerlich entgegen, ließ sie ein Stück über die Tischoberfläche gleiten, mit den aufgeschürften Knöcheln nach oben – aber sie sah nicht mal hinunter.

»Wie es innen aussieht. Weiß ja niemand außer dir.«

Das Bier musste ihm in den Kopf gestiegen sein. Das Kinn gesenkt, wanderten seine Augen nach oben, er sah sie ratlos an, eine Strähne rutschte ihm vors Gesicht.

Sie blickte ihm erwartungsvoll entgegen.

Saul öffnete seinen Mund, die Frage steckte ihm schon in den Augen, lag auf seiner Zunge, aber Q kam ihm zuvor:

»An die fünf-sechsmal bin ich die letzten Jahre insgesamt dran vorbeigelaufen, die ersten Male noch vor deiner Zeit hier, das ist schon so lange her, da war der Wal einfach nur ein verlassenes Gebäude, das niemand beachtet hat. Aber kürzlich, da hab ich was gehört drinnen. Und draußen war Schutt, haufenweise. Und mit jedem Mal war ein größerer Berg davor, was ist da denn alles drinnen? Höhlst du den ganzen Bau einfach aus?«, sie sah ihn an und ein Lächeln deutete sich auf ihrem Gesicht an. »Du treibst dem Wal sein Inneres wie einen Dämon aus, hab ich mir beim letzten Vorbeigehen gedacht.«

Saul sah sie an, unmerklich zeichnete sich in seinem Gesicht eine Milde ab. Er umklammerte das Bier mit einer Hand, fuhr den Krugrand an seinen Mund und ließ die fade gewordene Flüssigkeit hineinlaufen. Der Knorpel an seinem Hals sprang geräuschlos nach oben, sprang nach unten, verharrte wie ursprünglich in der Mitte, und der Krug wanderte zurück zum Tisch.

6.

Mit jedem Schluck hatte Sauls Körper der Schwerkraft nachgegeben. Er senkte sich immer weiter, kauerte sich immer mehr zusammen, der Kopf so massig, dass er ihn schon bald stützen musste, weil sich dieser nicht von allein halten konnte. Saul hatte seine Fäuste aufeinander getürmt, die rechte auf die linke, und das Kinn in die Kuhle abgelegt.

Qs Blick wanderte von der Tischoberfläche die hervorstehenden Knöchel hinauf zu seinem Gesicht – über den Bart zur Unterlippe, schlaff und glänzend vom Bier. Die Lider auf Halbmast, starrten seine Augen ins Nichts. Alles in seinem Gesicht schwieg, jede Falte, jede Einbuchtung schwieg sich in einer Ruhe aus, die über Stunden vom Alkohol eingeflößt worden war.

»Ich will etwas sagen …«, Q trank ab.

Sauls Augen wanderten nach oben und trafen auf ihre.

»Ich will es dir sagen … Ich hab etwas Schreckliches getan, in der Vergangenheit.«

Er richtete sich langsam auf und nahm einen Schluck von seinem Bier. Die Schaumwolke glitt wieder die Glaswand hinunter, als er den Krug abstellte.

Der Alkohol hatte ihren Blick lose gemacht. Wie zwei Würfel mit unterschiedlicher Augenzahl, auseinandergeworfen, spreizten sich die Pupillen.

»Ich habe jemanden kaputtgemacht. Vernichtet. Eine komplette Existenz auslöscht.«

Saul fuhr sich mit der Hand übers Gesicht, riss die Augen kurzzeitig auf, kniff sie wieder zusammen und richtete sie auf Q.

»Ich will dir das sa…«

»Warum?«

Q hielt inne und zuckte mit den Schultern:

»Damit du's weißt wahrscheinlich.«

Saul schwieg sie an, der Blick unverändert.

»Ich weiß selbst nicht, warum ich es dir unbedingt sagen will. Ich will's einfach«, sie stockte. »Mir bringt es überhaupt nichts, das kannst du mir glauben. Das macht nichts rückgängig. Ich erzähle dir das auch nicht, weil ich denke, hier eine Beichte ablegen zu wollen. Ich will mir auch nichts von der Seele reden«, sie lachte aus der Nase auf, sah zu Saul, aber er trank mit gesenktem Blick von seinem Bier ab.

»Glaub's mir, es macht *überhaupt* keinen Sinn, dass ich dir das erzähle … Ich habe überhaupt nichts davon. Ich will es einfach tun, ich habe keine Ahnung, warum.« Ihre Augen sprangen zu ihm und erwischten seine.

Sie nickte, als würde sie einer inneren Stimme beipflichten, einem unausgesprochenen Satz, einer stummen Frage, die niemand außer ihr wahrnahm.

»Ich fang jetzt an«, sagte sie, sie sah hinunter zu ihren Händen und nestelte eine Weile an ihrem linken Daumen, bevor sie endlich zu erzählen begann:

»Ich habe ihn getroffen, als wir beide 17 waren, vielleicht 18, noch Kinder im Grunde. Schon damals habe ich gequalmt wie eine Fabrik. Er war so verschossen in mich, dass er angefangen hat zu rauchen, um mir zu gefallen. Er ist mir ja nicht mal wirklich aufgefallen am Anfang. Erst als er angefangen hat, bei mir Kippen zu schnorren, habe ich ihn als Menschen überhaupt registriert. Mir waren sie alle gleich, alle hier, sie sahen herdenmäßig gleich aus, hatten die gleichen Interessen, machten die gleichen Dinge und machten die gleichen Dinge nicht, sind zur gleichen Zeit aufgestanden und zur gleichen Zeit ins Bett gegangen … Er war also einer von vielen, ein Gesicht wie jedes andere, sogar seine Gewohnheiten sind nicht weiter aufgefallen. Am Anfang, als er beschlossen hat, mich um Kippen anzubetteln, dachte ich sogar, das ist immer jemand anders, der mich fragt, alles der gleiche Brei an Gesichtern, hätte immer eine andere Person sein können …«, Q hielt kurz inne. »Vielleicht war es auch hin und wieder jemand anders und nicht immer er, wenn ich es mir so überlege, und meine Erinnerung täuscht mich bloß …

Jedenfalls fing er an zu rauchen, um mir zu imponieren, das hat er mir später gebeichtet, fing an, in die gleiche Wirtschaft zu gehen, in die ich gegangen bin, das Gleiche zu bestellen, was ich getrunken habe … Er hat sogar das Gleiche gegessen, was ich gegessen habe, dabei fand ich den Fraß selbst nicht gut, den die da serviert haben, und er hat damit seinen Magen gefüllt, das Zeug in sich gestopft … nun gut, seine Sache.

Und wenn wir ins Reden gekommen sind, hat er nur Dinge erwähnt, die für mich interessant waren. Und irgendwann kannte ich ihn so auswendig, dass ich seine Gedanken besser äußern konnte als er. Dachte ich. Er hat es damit erklärt, dass er die Schule vorzeitig abgebrochen hat, hat oft rumgestammelt, ihm haben Worte gefehlt, und ich habe seine Sätze zu Ende gesprochen, die er dann abgenickt hat. Immer sagte er, er hat genau das gemeint, und ich war so froh und habe mich so unfassbar gut gefühlt, was für ein Einfühlungsvermögen, ich habe für ihn seine Geschichten erzählt, habe seinem unfertigen, hilflosen Stammeln einen Sinn verliehen. Und dann waren wir ja auch so verbunden, weil ich genau wusste, was er sagen wollte, wir mussten doch seelenverwandt sein …

Er hat dann diese ganzen ›klugen‹ Wörter, die ich benutzt

habe, wie Vokabeln auswendig gelernt und sie in unsere Gespräche eingestreut, und ich hab leuchtende Augen davon bekommen. Meine Worte aus seinem Mund … Ich habe ihn angehimmelt. Er war meine Schöpfung, mit niemandem zu vergleichen, er war perfekt, hat immer das Richtige gesagt, ich habe ihn verstanden wie niemand anderen, alles an ihm hat gestimmt. Fast was Göttliches wurde die Sache zwischen uns, unbegreiflich. Manchmal, wenn er Ich gesagt hat, hat es mich sogar irritiert. Wenn er Ich gesagt hat, hat er wie in der dritten Person gesprochen, ein Ich mit großem I, nicht dieses kleine, mickrige, unbedeutende ich, das die anderen verwendet haben. Sein Ich war überlebensgroß, eine eigene Schöpfung … Ich habe ihn angebetet dafür, für dieses Ich, dessen Teil ich war. Wir beide waren sein Ich.

Ich habe ihn so angeschmachtet, dass ich alles um mich herum vergessen habe. Ich habe mich selbst immer mehr darin verloren, dachte ich«, sie hielt inne, »dabei habe ich mich immer mehr auf sein Ich ausgeweitet. Ich war diejenige, die sich auf zwei Körper ausgedehnt hat, ich war ich, und ich war er. Er wurde mir identisch in seinem Charakter. Wo er mich am Anfang nur kopiert hat, wurde er später eine bessere, eine stärkere, eine reinere Version von allem, was ich war und je sein konnte.

Ich habe anfangs vielleicht seine Sätze beendet, aber am Ende konnte ich fast seine Gedanken lesen. Niemanden habe ich so verstehen können wie ihn … Und dann … ganz plötzlich … hat er einfach aufgehört. Ich habe plötzlich nichts mehr von ihm gehört, er war wie vom Erdboden verschluckt. Zuerst tagelang, dann wochenlang, und niemand hat ihn gesehen …«, sie stockte, fuhr sich das Bier an den Mund und trank ab. »Ich dachte, vielleicht ist er wieder zu den anderen geworden, dachte, ihm ist dieses Besonderssein zu viel geworden, und er hat einfach aufgehört, ist müde geworden, andersartig zu sein. Ich habe nach ihm gesucht, überall, in allen Gesichtern habe ich seins gesucht. Bin nur rumgerannt und habe nach seinen Augen gesucht, in jedem einzelnen Kopf von denen … Und in seinem Haus brannte kein Licht mehr, es war in völlige Dunkelheit getaucht. Jedes Mal, wenn ich daran vorbeigelaufen bin, habe ich darauf gehofft, dass sich etwas ändert, dass da plötzlich irgendwo, wenn auch kärglich, eine Glühbirne zu erspähen ist, aber nie war da was …«, sie ballte ihre Fäuste, die angespannte Haut glättete die verzweigten Aderwerke, »bis auf das eine Mal, endlich nach Wochen, vielleicht einem Monat, gab es spärliches Leuchten in der Küche. Mein Herz hat sofort zu klopfen angefangen. Ich habe mich dem Haus genähert und durch das Küchenfenster seine Mutter gesehen. Ihr Gesicht war ganz ausgehöhlt, sie sah müde und mager aus, ein graues Gesicht in diesem Dämmer.

Ich habe geklingelt, nochmal und nochmal, und irgendwann ging die Tür einen Spalt weit auf, und ich habe ihre Augen in der Dunkelheit erkannt … Ich werde diesen Ausdruck nie vergessen, schweigend und zermartert. So schmerzerfüllt war er, das Herz hat sich in mir zusammengezogen.

In nur wenigen Worten hat sie es mir dann erzählt. In so wenigen, so qualvollen Worten, dass ich wusste, es war das erste Mal, dass sie seine Geschichte in den Mund genommen hat.

Eines Tages, da ist sie in sein Zimmer, und er saß auf dem Bett, stumm, und hat in die Leere gestarrt. Sie sei erschrocken, hat sie gesagt. Da war nichts von ihm übrig, nur eine Hülle, so habe ich es mir aus ihren Erzählungen zusammengereimt. Er muss da gesessen haben, stundenlang, und sie vor ihm, und er hat nichts mehr sagen können, er hat keine Reaktion mehr gezeigt, hat sich nicht gerührt, seine Persönlichkeit war wie ausgelöscht. Er war kein Ich mehr, er war am Ende nur noch ein Er, nur noch ein Körper, ein Gegenstand, in ihn selbst ist nichts mehr hineingekommen, keine Reize, keine Worte konnten ihn erreichen, nichts …«

Saul sah sie unverwandt an.

Q riss die obere Schicht von der Ecke des Bierdeckels ab und rollte den Schnipsel zwischen Zeigefinger und Daumen zusammen.

»Und ich wusste es … Ich war es. Ich bin es gewesen. Ich habe es ihm angetan. Ich habe ihn ausgelöscht. Ich habe einen Menschen vernichtet, eine Person, eine ganze Existenz. Ich bin eine Auslöscherin. Ich hab's getan.«

Sie schwiegen eine Weile. Q starrte auf den Tisch, Saul beobachtete, wie ihre Augen die Vergangenheit abtasteten. Bild für Bild jagten sie nach, unruhig zuckten die Pupillen. Plötzlich verharrten sie, Q hob ihren Kopf und richtete ihren Blick auf Saul.

»Und dann ist nichts mehr passiert. Seine Mutter saß im Haus und hat gewartet, dass da noch was geschieht. Aber nichts ist mehr eingetreten. Er ist bloß lange gestorben, zunächst über Tage und Wochen, dann über Monate starb er so vor sich hin. Dann hat auch sein Körper aufgegeben.«

In ihrem Blick lag etwas Flehendes, Gequältes, sie ließ ihn fallen und schaute mit schiefen Augen ins Glas.

»Und die Mutter … Im Haus brennt kein Licht, seit Jahren nicht mehr. Niemand sieht sie, niemand hört was von ihr, sie lebt nur noch als Schein in ihrer eigenen Dunkelheit«, Q stockte.

»Ich hab mit ihr nie wieder gesprochen, nie wieder, nicht

mal bei der Beerdigung. Ich hab mich nicht getraut, an sie auch nur ein einziges Wort zu richten. Meine Sprache war so von Schuld beladen. Ich habe ihn, ihren Sohn, ja aus meiner Sprache geformt! Meine Sprache war es, die ihn vollkommen als Person verfehlt hat. Er ist dadurch zu einer Idee, einer Figur geworden, ich habe ja jeden Charakterzug an ihm selbst erfunden. Ich habe ihn mit meiner Sprache gemacht und zerstört, ich habe monatelang an seinem Wesen vorbeigeredet, vorbeigesehen, vorbeigetroffen. Wie kann ich diese Waffe auch noch an seine Mutter richten? Auch nur ein Wort! Ich dachte, meine Sprache schöpft und lässt etwas Neues entstehen, aber in Wirklichkeit, im Alltag hat sie geleugnet und vernichtet.«

Sauls dunkle Stimme schnitt sich in ihr Schweigen:

»Warum erzählst du das?«

Qs Blick wanderte langsam zu ihm, sie zuckte mit den Schultern.

»Jetzt weißt du's. Jetzt weißt du zumindest, wer ich bin. Ich will mir niemanden mehr ausdenken. Sag mir einfach, wer du bist, Saul. Ich will dich nicht in meinem Kopf entwerfen.«

Sie sah ihn an, die Augen wie auseinandergeworfene Würfel, er nahm einen Schluck.

Sie saßen alleine in der Wirtschaft. An der Theke klimperte es leise, der Wirt spülte die Gläser, und draußen dämmerte es leicht.

7.

Der Tag hatte in den letzten Wochen die Nacht um Stunden ihrer Wirkung beraubt. Der Morgen brach viel früher an. In der Dämmerung lief Q zwischen den Kiefern auf weichem Moos, die trockenen Zweige knackten unter ihren Füßen. Die Stirn und die Wangen vom kärglichen Sonnenlicht erhellt, warfen die Brauen Schatten auf die Augenhöhlen, zwei dunkle Ovale statt Augen, zwei Schattenflecke, aus denen sie heraussah. Sie sprang über umherliegende große Äste, bewegte sich geschickt von einem Baum zum nächsten. Die raue Rinde unter den Fingerkuppen blätterte sich ab, schuppte sich von den Stämmen, und mit jeder Berührung half Q ihnen dabei, die alte Last für die bevorstehende warme Jahreszeit abzuwerfen, bis sie die Waldgrenze erreichte.

Sie trat ins Licht, und im Nu leuchtete der wolkenlose Himmel alle Dunkelheit aus ihrem Gesicht fort. Sie schritt über die Wiese, den Kamm, schritt über das betaute Gras, bog nach links ab und lief den Hügel hinab. Bei der Einfahrt trat sie an die Zauntür, die ihr nicht einmal bis zum Becken reichte, stieß sie auf und betrat das Grundstück.

Q schlurfte über das neu gewachsene Gras, während ihre Schuhe sofort die Feuchtigkeit aufgenommen hatten. Kaum trat sie auf die Terrasse, knarrte es unter ihren Füßen. Spätestens jetzt hätte Saul sie hören müssen. Sie hielt inne, horchte, aber nichts schien sich im Haus zu regen. Übergroße, abgelaufene Filzpantoffeln standen draußen, sie schlüpfte automatisch aus ihren Schuhen, der eine fiel mit der Spitze auf den anderen, Q legte vorsichtig ihre Hand auf den Knauf und, ohne anzuklopfen, lehnte sie sich mit ihrem Gewicht gegen die Tür, die sofort nachgab.

Das Haus sah von außen größer aus. Drinnen war es ein einziger Raum, in der Hälfte durch eine Erhöhung in zwei Bereiche geteilt – der vordere das Schlafzimmer, der hintere die Küche. Zu ihrer Rechten stand ein Bett. Durch das kleine Fenster zur Terrasse schien Licht herein und ließ die weiße Bettwäsche aufblenden – vier Leuchtquadrate, durch zwei sich kreuzende Schattenbalken voneinander getrennt, offenbarten jeden Knitter auf dem Laken. Jede Falte und jede Ausweitung, von der Schwere eines schlafenden Körpers verursacht, waren entblößt. Im Kissen noch der Abdruck von Sauls Kopf. Die Sonne erhitzte den weißen Stoff und brannte den darin gespeicherten Geruch heraus, seinen schweren, aber vertrauten Geruch. Die Moleküle, die Saul zurückgelassen hatte, hatten sich unter Luftteilchen gemischt. Q atmete die Überbleibsel seiner Anwesenheit ein, seine schläfrige Wärme. Sie stellte sich ans Bett vors Fenster – ihre Silhouette warf das grelle Weiß des Lakens in Schatten. Die Sonne wärmte den Nacken, wärmte ihren Hinterkopf, erhitzte bald die Haare. Wie mit einem Feuerball statt Schopf stand sie da und ließ ihre Augen über die Lakenlandschaft wandeln, als versuchte sie, den Hergang seiner Nacht herauszulesen.

Sie musste das Geräusch des Kieses durch den Traum gehört haben. Im Drahtsessel auf der Terrasse war sie eingedöst. Kaum kullerten die Steinchen unter schweren Schritten, irgendwo hinter dem Buschwerk des Grundstücks, bewegte Q den Kopf, drehte ihn zur Seite, aber der Schlaf ließ sie noch nicht los. Saul trat an den Zaun, bemerkte sie und stockte für einen Moment. Er sammelte sich, ging durch die Tür, schritt über das Gras, kurz vor der Terrasse blieb er stehen. Q atmete ein, schirmte ihre Augen mit der Hand ab und sah zu ihm hinüber.

Sie lächelte, aber bekam nicht die gleiche Reaktion zurück.

»Kurzer Arbeitstag heute?«

»Der Schlüssel ist in der falschen Hosentasche«, antwortete er zögerlich und klopfte sich auf den Schenkel. Er drehte sein Gesicht zur Sonne, schloss die Augen, Q musterte ihn dabei.

»Hast du Kaffee da?«

Saul wandte sein Gesicht vom Licht ab und nickte.

Er trat auf die Terrasse, die Dielen begleiteten jeden seiner Schritte mit einem Knarzen, bis er im Hausinneren verschwand.

Q hörte ihn rumoren, eine ganze Weile, dann trat er mit zwei kleinen Bechern heraus, reichte ihr einen.

Kaum hielt sie ihn, verbrühte sie sich fast daran. Sie stellte den Kaffee auf den Boden und wedelte mit ihrer Hand, während Saul seinen fest umschlossen hielt und an der dampfenden Flüssigkeit nippte.

»Entschuldige, keine Milch im Haus. Zucker auch nicht«, fügte er hinzu.

»Ich werd's überleben.« Sie folgte seinem Gesicht, als er in die Hocke ging, er lehnte sich gegen das Geländer und stellte seinen Kaffee ebenfalls auf dem Boden ab.

Die Handfläche war nicht mal rot angelaufen. Dicke, gelbliche Hornhaut bildete einen Halbkreis unter Sauls Fingeransätzen, Lebenslinien schnitten sich durch die grob gerillte Handfläche. Mit jedem Kraftakt, jedem Aufwand, den die Arbeit ihm abverlangte, hatte die Haut ihn von Reizen isoliert, Schicht für Schicht hatte sie seine Handflächen gehüllt, hatte seine Hände einkokoniert, um ihn gegen jegliche Schmerzempfindung zu feien.

Saul vollzog ihren Blick nach, sah auf seine Hände, sah zurück zu ihr.

»Was machst du hier?«

Ihre Augen sprangen zu ihm.

»Ich lauere dir auf.« Sie sagte es mit einer ernsten Miene, lächelte dann, um das Gesagte als Witz kenntlich zu machen, aber stieß auf keine Gegenreaktion. »Ich weiß nicht. Du warst seit anderthalb Monaten nicht in der Wirtschaft. Den Wal hältst du auch abgesperrt.«

Er schwieg.

»Wie kommst du voran?«

Saul nickte wortlos.

»Musst du nicht bald fertig sein damit?«

Er nahm einen Schluck von seinem Kaffee und blickte zu ihr:

»Vielleicht.«

»Was heißt vielleicht? Hast du ihn nicht genug ausgeweidet?«

Der Boden des Bechers machte ein dumpfes Geräusch, als Saul ihn wieder abstellte.

»Ich will ihn endlich sehen. Mach nicht so ein Geheimnis daraus. Ich verliere sonst das Interesse.«

»Du verlierst das Interesse, wenn etwas ein Geheimnis ist?«

Q lachte aus der Nase auf.

»Wenn man darauf aus ist, es mir so zu verkaufen, dann auf jeden Fall. Ich bin für solche Spielchen nicht zu haben.«

Saul rieb sich die Augen mit dem Rücken seiner linken Hand.

»Also. Was ist los mit dir?«, sie nickte mit dem Kinn zu ihm hinüber.

»Was soll los sein.«

»Meidest du mich?«

»Weshalb.«

Sie hielt inne. »Na, wegen der Geschichte, die ich dir erzählt habe.«

»Nein.«

»Warum kreuzt du dann nicht mehr in der Wirtschaft auf?«

»Andere Sachen sind wichtiger.«

»Du bist dünn geworden.«

»Viel zu tun.«

»Keine Zeit zum Essen?«

Er nippte an seinem Kaffee, zuckte gleichgültig mit den Schultern und blickte zur Seite.

»Warum stellst du mir keine Fragen?«, platzte es aus ihr heraus. »Willst du denn nichts über mich erfahren?«

Er sah sie an, etwas Schuldiges durchzog seine Miene.

»Willst du denn gar nichts wissen? Bist du an nichts interessiert? Was ist nur los mit dir?«

Saul hielt ihren Blick nicht länger aus, starrte in die schwarze Brühe, das schwarze Loch, vom Ton umrandet. Das Unendliche, das alles schlucken musste, alle Dinge, alle Gegenstände, alle Worte, alles war darin bedeutungslos, belanglos, in der Schwärze, in dieser Leere war alles gleich und alles gleich unerheblich.

»Der Wal … der kann nicht ›fertig‹ werden«, brummte er, »er ist … er muss nur zu seinem Ursprungszustand zurück.«

Q hielt inne.

»Und das bedeutet?«

Er hatte seine Augen immer noch nicht auf sie gerichtet, stierte vor sich hin, eine Haarsträhne rutschte ihm vor die Sicht.

»Hat ihn jemand drinnen so verändert, dass du alles entkleiden musst?« Q blieb hartnäckig.

»So ähnlich.«

»Wie es am Anfang war?«

Er nickte.

»Wie lange dauert es noch?«

»Wird sich zeigen.«

Sie schüttelte energisch den Kopf.

»Was ist nur los mit dir?«, sie sprang auf und schlug sich mit der Hand auf den Oberschenkel. »Irgendwas … Entscheidendes fehlt in deinen Sätzen. Warum sprichst du denn so, wie du sprichst? Warum sprichst du denn nie von dir? *Der Wal muss zu seinem Ursprungszustand zurück.* Was ist denn das für eine Aussage? Du sprichst, als hättest du noch nie ein vernünftiges Gespräch geführt! Du bist doch derjenige, der ihn dahinbringt, warum sagst du das nicht normal?«

Er kippte seinen Kaffee in einem Zug hinunter und schaute zu ihr hinauf, ohne seinen Kopf zu heben.

»Sag: *Ich* muss den Wal zu seinem Ursprung zurückbringen, was auch immer das bedeuten soll! Oder irgendwas, was sich nach einem normalen Satz anhört! Sag doch mal *Ich mach dies, Ich mach das*, ich krieg immer nur halbgare Sätze vor den Kopf geknallt von dir.«

Allmählich verschwand die Spannung aus Sauls Gesicht:

»Warum regt dich so ein Scheiß auf.«

Sie sah zu ihm hinunter, in seinen Augen zeichnete sich langsam ein Lächeln ab, das sich auf die Lippen übertrug. Q starrte auf seinen Mund, bis auch ihrer in den Winkeln auseinanderfuhr, aber mit einem Mal schüttelte sie sich das Lächeln aus dem Gesicht, schüttelte den Kopf und wandte ihre Augen von ihm ab.

»Du sprichst nie von dir, und von mir willst du auch nichts wissen!«

Saul sah sie immer noch an, während seine Lippen sich immer mehr zu einem Lächeln formten, er schloss die Augen, und den kompletten Körper schüttelte es leise, schüttelte es unmerklich, aber er machte kein Geräusch dabei.

Sie blickte überrascht zu ihm. Ein Lächeln breitete sich langsam auf ihrem Gesicht aus. Die Mundwinkel fuhren wieder auseinander, fuhren wie bei ihm auseinander, die Zähne kamen zum Vorschein. Bald öffnete sich der Mund komplett, sie kippte ihren Kopf nach hinten, und ein schallendes Gelächter bahnte sich seinen Weg durch ihre Kehle.

8.

In der Finsternis knirschte der Kies. Die Steinchen rollten wie winzige Schädel unter der Sohle davon. Etwas Unsichtbares kam näher, bewegte sich durch die Dunkelheit, mit jedem Schritt mahlte es unter seiner Schwere den feinen Schotter. Zuerst hörte Q es nur, aber schon bald sah sie die Steinchen hinunterkullern, sie hüpften den Abhang hinab, an ihr vorbei, schlugen auf dem Asphalt auf, rollten weiter in die unsichtbare Ferne, bis das Letzte zur Ruhe kam, dann war es plötzlich still.

Sie stand unter der Laterne, deren bronzenes Licht einen vagen Kreis um sie zeichnete. In der Dunkelheit, wenige Meter von ihr entfernt, hörte sie einen Atem, ein leises Rasseln, das Unsichtbare, es musste direkt vor ihr stehen, ihr direkt in die Augen sehen können, während sie nur die Schwärze sichtete, die sich vor ihr ausbreitete. Umrisslos stand er dort, im Dunkel aufgelöst, nur das Schnaufen verriet ihn. Der Atem wie der Kern der Gestalt, aber er hatte diese komplette Finsternis zu seinem Körper erkoren, hatte sich grenzenlos in ihr breitgemacht, sich in ihr ausgedehnt, er war überall, in jedem Partikel dieser Schwärze, alles war von seiner Anwesenheit eingenommen.

Q strengte ihren Blick an und versuchte ihn dennoch herauszumustern, ihn aus der Finsternis zum Menschlichen herauszufiltern, aber sie stierte bloß dorthin, wo sie das Geräusch verortete.

Die Steinchen rollten wieder, schon stieß eins von ihnen gegen ihre Schuhspitze und sprang zur Seite. Kaum flog es gegen den Asphalt, wurde es wieder still um sie herum. Das Rasseln war weniger geworden, leise konnte sie es noch vernehmen. Vielleicht bildete sie es sich auch ein.

Der Kies kugelte erneut hinab, aber auch diesmal kehrte kurz darauf absolute Ruhe ein. Endlich zeichneten sich in der Dunkelheit Gesichtszüge ab, seine Züge, in Schwarzschattierungen gehüllt. Langsam trat er näher. Kaum wurde Saul sichtbar, waren seine Schritte geräuschlos, der Kies rollte nicht, und, bevor das Licht ihn auch nur im Geringsten in Farbe getaucht hätte, blieb er stehen. In Grautönen stand er ein paar wenige Schritte von Q entfernt, sie blickten sich an. Der Bart war länger geworden, nur die Wangenknochen und die Stirn schimmerten aus der Dunkelheit hervor. Saul hatte der Nacht sein Gesicht verliehen.

»Ich war gerade auf dem Weg. Zu deinem Haus. Ich habe dich so lange nicht gesehen«, begann Q, »ich komme von der Wirtschaft … ich dachte, ich schau vorbei.«

Das Schweigen ließ sein Gesicht unverändert.

»Du siehst müde aus.«

Die Schatten schabten seine Züge aus.

»Wolltest du in die Ortschaft?«, fragte sie, und diesmal schien sein Mund aufzugehen, die Lippen fuhren gerade noch auseinander, aber mittendrin überlegte er es sich wohl anders und sagte kein Wort. Der leicht geöffnete Mund bat bloß einen weiteren Zufluchtsort für die Finsternis, die sich jetzt auch zwischen seinen Lippen eingenistet hatte, ein schwarzer, tiefer Klaff.

Der Sommer hatte die Luft seit Wochen zum Stehen gebracht. Man bewegte sich durch die Ortschaft wie durch eine Pappkulisse, alles reglos, die Straßen menschenleer, alles Leben hatte sich verkrochen. Die Grillen zirpten aus ihren

Verstecken, man hörte sie jetzt plötzlich, es zirpte auf einmal unsichtbar aus allen Ecken, auch dieses einzige Leben um einen herum zeigte sich nicht, die Hitze hatte alle Bewegung ausgemerzt.

Sie standen einander gegenüber, Q im molligen Licht, das sie in warme, bescheidene Farben getaucht hatte, während Sauls Körper sich in schwarz-graue Abstufungen zerteilt hatte. Sie machte einen Schritt auf ihn zu, erreichte die Grenze des Laternenscheins und trat in die Dunkelheit, zu ihm, noch einen Schritt vor und die Nacht hatte auch sie eingemummt. Sie legte ihre Hand sanft auf Sauls Oberarm, drehte ihn um, und er ließ es zu, sie legte seinen Arm um sich, umfasste ihn an der Gürtellinie, lehnte sich zum ersten Schritt den Abhang hinauf vor, er ließ sich von ihr ziehen. Man hörte den Kies hinunterrollen, diesmal ein Chor von Schritten, hörte die Sohlen durch die Steinchen stampfen, man hörte es lange, immer leiser, bis die Nacht endlich alle Geräusche in ihrer zirpenden Stille erdrückt hatte.

Sie fand den Lichtschalter nicht und brachte Saul in der Dunkelheit ins Bett. Kaum setzte er sich auf, fiel er mit dem Rücken auf die Matratze. Sie half ihm, die Beine hochzulegen, streifte ihm die schweren Stiefel von den Füßen und ließ sie auf den Boden fallen. Er lag reglos auf dem Laken, sie zog den Deckenbezug unter ihm heraus und breitete ihn über ihm aus, lief ums Bett herum, stieg auf der anderen Seite darauf, hob den weißen Stoff und legte sich zu ihm. Der Mond schien durch das Terrassenfenster herein. In der Dunkelheit musterte sie lange Sauls Gesicht. Das ruhende, friedliche Gesicht, die langen Wimpern, die die Augen versiegelt hielten, die blanke Stirn. Jede Falte, die die Schwere seines Kopfes ins Kissen eindrückte, bettete sein schwarzes Haar. Sie hörte seinen Atem, asymmetrisch zu der Bewegung ihres Brustkorbs, ein langsames, schweres Atmen, während ihres von dem körperlichen Aufwand noch kurz und schnell war. Sie schob seinen Arm zur Seite und rutschte in den Zwischenspalt, schmiegte sich an ihn, legte den Kopf in die Mulde zwischen seiner Brust und der Schulter, unter das Schlüsselbein, sodass der längliche, hervorstehende Knochen sich in ihre Schläfe bohrte. Q schloss ihre Augen, ihre linke Hand wanderte quer über seinen Bauch, holperte über jeden Muskel, aber Saul zuckte nicht einmal. Kaum hatte sie ihn umfasst, schlief auch sie ein.

Als sie aufwachte, war er fort. Im Kissen noch der Abdruck seines Kopfes, fand sie ein einzelnes schwarzes Haar auf dem weißen Bezug. In willkürlichen Biegungen, wie ein feiner Draht, lag es neben ihr. Das Laken war lange erkaltet, als wäre er nicht dagewesen. Q richtete sich auf und stieg aus dem Bett.

Die Küchenzeile war sauber. Zwei Becher, aus denen sie vor Wochen Kaffee getrunken hatten, standen in der Geschirrablage direkt neben dem Spülbecken, sonst nichts. Keine Teller, kein Besteck, die Kühlschranktür offen, der Innenraum leer. Saul hatte keine Vorräte in der Speisekammer, auf den Regalen hatte sich eine dünne Schicht Staub gebildet, kein Abdruck von Büchsen oder Ähnlichem, nur ein Besen in der Ecke, kleine, filzige Knäuel hatten sich in den Borsten verfangen, niemals herauszuklauben. Er hatte kaum Kleidung, nur ein einziges schwarzes Hosenpaar, fünf schwarze T-Shirts und zwei schwarze Pullover. Ein bisschen Unterwäsche und wenige Paar Socken, alles schwarz, alles in einer kleinen Box auf der Anrichte, die aber selbst leer war. Keine Bücher, keine Musik, keine einzige Spur, die etwas über ihn verriet. Q suchte, öffnete jede Schublade, durchforstete jeden Behälter, jede Schachtel, sah unters Bett, aber nichts deutete auf seinen Charakter hin, auf seine Persönlichkeit, nirgendwo gab er sich zu erkennen. Dieser Raum hatte keine Narration, erzählte keine Geschichte über Sauls Werdegang, seine Herkunft, sein Ich. In diesem Raum gab es keine Person, es gab einen stillen Bewohner, ein Gespenst, das hin und wieder diese vier Wände aufsuchte, um darin zu schlafen, sein Lebensinhalt war auf einen anderen Ort verlagert.

Q trat ans Bett, das Haar lag immer noch da, ein unverändertes, einst lebendiges Partikel, das Sauls Körper eigenwillig und ohne sein Einverständnis abgeworfen hatte. Mit zwei Fingern hob sie es auf und steckte es in ihre Hosentasche. Sie steuerte die Haustür an und ging hinaus.

9.

Q lief auf dem ausgetretenen Pfad entlang des Kanals, Saul auf dem Gras neben ihr. Die Stiefel zu schwer für die Füße, schürften seine Sohlen an den hohen Halmen, sodass das Gras bei jedem seiner Schritte rauschte. Die Schulter breit und eckig, wurde der Rücken immer schmaler hin zur Taille. Wenn der Spätsommerwind leicht aufkam, schmiegte sich sein T-Shirt an seinen mageren Körper, die Schulterblätter ragten hervor. Er lief im aufrechten Gang, die Arme baumelten am Rumpf, sie sprachen kein Wort miteinander.

Die Strömung, von Wehren gebrochen, gluckerte. Das Wasser, in ein leuchtendes Gold gefärbt, sprudelte vorwärts, sodass das gegenseitige Anschweigen nicht weiter auffiel. Hin und wieder sah Q zu Saul hinüber, heftete ihren Blick auf ihn, den er müde erwiderte. Seine Augen wanderten zu ihr, ohne dass er sein Gesicht ihr zuwandte, sie lächelte ihn an, seine Züge blieben unverändert kraftlos. Über die letzten Monate hatte er sichtbar an Muskelmasse eingebüßt, an Körpergewicht, das fiel bei jedem Windzug auf. Jedes Mal, wenn er aufkam, hefteten sich Qs Augen auf seine Rippen, die der dünne T-Shirtstoff durchscheinen ließ. Nur die Hände, in ihrer Masse unverändert, hingen unproportional an seinen Armen, grobe, viereckige Pranken, fehl an seiner Gestalt.

Sie liefen seit einer Stunde nebeneinander. Q hatte ihn endlich draußen vor dem Wal zu fassen bekommen, wochenlang hatte er sich wieder zurückgezogen, aber diesmal hatte sie ihn seit Langem wieder erwischt. Er hatte keine Ausrede, sich ihr nicht anzuschließen, er hatte überhaupt nichts gesagt, als sie ihn einlud mitzukommen, hatte bloß abgesperrt und war ihr gefolgt, ohne auch nur einmal ein Anzeichen des Widerwillens oder der Einwilligung erkennen zu lassen.

»Ich habe dich seit einer Ewigkeit nicht zu Gesicht bekommen«, sie kniff von der blendenden Sonne die Augen zusammen.

Er blinzelte auffällig langsam, als er ihren Blick erwiderte.

Q sah zu Boden, sah vor sich und sagte nichts.

Die Trauerweiden beugten sich tief ins Wasser, die Strömung riss hin und wieder die länglichen Blätter von ihren Zweigen und trug sie fort. Wie flache, spitznasige Fische trieben sie in Schwärmen und ließen sich vom Sog mitziehen, ließen sich herumwirbeln, erwischten stellenweise Wehrfelsen, rasteten und wurden wieder vom Strom fortgerissen.

»Schläfst du nicht mehr zu Hause?«

Sauls matter Blick wanderte zu ihr.

»Bist du immer noch nicht durch mit dem Wal?«

»Viel Arbeit«, seine Stimme, aus der Übung gekommen, war belegt, brach schon bei der ersten Silbe, er flüsterte seine Antwort beinahe.

»Wie viel noch?«

Er zuckte mit den Schultern.

»Hast du's eilig, den Wal zu beenden? Du solltest dir vielleicht eine Pause gönnen, hast dich über den Sommer fast halbiert.«

Der Kanal brannte in rotgoldenem Licht der untergehenden Sonne. Saul musste die Augen zusammenkneifen, es blendete, während Q dem Spektakel keine Beachtung schenkte. Ihren Blick auf ihn geheftet, fragte sie: »Hörst du mich?«, und hielt an, streckte ihren Arm vor Saul aus, sodass er mit dem Bauch dagegen lief und so zum Stehen kam.

»Was ist mit dir und diesem Bau? Ich versteh's nicht. Warum arbeitest du daran so besessen? Schau dich an, du bist ein vollkommen anderer geworden … dein Körper … du bist abgemagert … du bist völlig erschöpft, du kannst nicht mal deine Füße ordentlich hochheben, schläfst beinahe ein beim Gehen …«

Die Sonne leuchtete die übliche Dunkelheit aus seiner Iris heraus, ein kastanienbrauner Ring umfasste die Pupille.

»Saul … was ist denn mit diesem Wal?«

Er rieb sich das linke Auge, riss es auf und versuchte, die Müdigkeit wegzublinzeln.

»Was ist mit diesem Wal, verdammt nochmal?«

»Nichts ist mit dem Wal«, brach es aus ihm heraus, »ist einfach so.«

»Kann ich ihn sehen? Warum lässt du mich nicht rein?«

»Ist noch nicht so weit.« Er wurde ruhig, setzte zum Schritt an, aber sie bremste ihn wieder mit dem Arm ab.

»Wann ist es so weit? Wann darf ich rein? Wann … darf ich … dich sehen?«

Sauls Augen wanderten zu ihr. Eine Ungeduld, eine Hilflosigkeit, die nach Antworten strebte, die nach Antworten schrie, hatte sich in ihren Blick geschlichen. Saul versuchte erneut, die Müdigkeit aus seinen Augen zu wischen, strich sich mit der Hand darüber und sah zu Q:

»Komm«, er nickte zum Wasser, »Schwimmen ist jetzt gut. Ist eine Bullenhitze.«

Er fuhr sich träge übers Haar, eine Strähne streifte sein Gesicht.

Q nickte abwesend und sah rechts an ihm vorbei:

»Da ist eine Stelle, wir müssten gleich da sein, ich wollte sie dir eh zeigen.«

Ihre Augen wanderten zu ihm. Der Mund öffnete sich, es sollte noch etwas kommen, ein Nachschub an Fragen, ein Gefüge aus Antwortnot, aber sie klappte ihn wieder zu und setzte ihren Gang fort.

Sie waren vom Pfad abgekommen. Der Strom war lauter, jetzt wo sie direkt am Wasser liefen. Die Weiden streiften das Gesicht, ihr Schatten hatte die Köpfe abgekühlt, aber die Luft hatte sich so aufgeheizt, dass sie wie eine Mauer stand. Die Sonne hatte jeden Windzug erstickt, hatte jeden Windzug ausgedorrt, jeder Atemzug, den sie machten, schien derselbe zu sein, den sie gerade noch in die Luft entlassen hatten.

Bei jeder hervorstehenden Wurzel mahnte Q Saul aufzupassen. Niemals wäre ihre Stimme gegen den Strom angekommen, sie drehte sich bloß um und zeigte mit dem Finger auf das knöchrige, hölzerne Geflecht unter seinen Füßen, das sie bereits hinter sich gelassen hatte. Saul hielt sich am Stamm fest und trat darüber, überwand jedes Hindernis in einem großen Schritt. Plötzlich, wie aus dem Nichts wurde es still, abrupt hörte die Strömung auf. Gerade brach das Wasser noch an den Felsen, als es mit einem Mal still wurde, es ruhte, in der Ferne hörte man noch das Plätschern, aber am Ende breitete sich der Kanal zu einem See aus, lag vor einem wie ein Spiegel, den die Sonne zu einer goldfarbenen Oberfläche entfacht hatte. Q drehte sich zufrieden um, Saul stand noch an der Weide hinter ihr, hielt sich mit beiden Händen am Stamm fest und sah sie an.

»Hier«, sie nickte in Richtung des Wassers, streifte die Kleidung ab und steuerte es an. Knietief ging sie hinein, blickte sich nach ihm um und sprang in den See, der hinter ihr Kreise zog.

Saul trat ans Ufer, entledigte sich ebenfalls der Kleidung und ging langsam hinein. Sobald er bauchtief drinnen war, tauchte er hinunter, sie schwammen aufeinander zu, und, als er wieder oben war, hatte er sofort ihr Gesicht vor sich. Sie sah ihn an, ihr Blick wanderte über seine Stirn, wanderte über seinen Kopf.

»Deine Haare …«

Das Wasser rann von seiner Stirn über seine Lider, klebte die dichten Wimpern zusammen und drang in die Augen. Er fuhr sich mit der Hand übers Gesicht und heftete seinen Blick auf Q, die ihn immer noch musterte.

Sie streckte ihre Hand aus und berührte die Enden seines Haars, von dem das Wasser abperlte, es tröpfelte auf seine Schultern, in schiefen Rinnsalen lief es seine Brust hinunter.

»Wie das Wasser versucht dein Haar zu bändigen … es … gelingt ihm nur nicht ganz.«

Sie blickte ihn an und tauchte unter.

Die Füße fest am Boden breitete er die Arme aus und fuhr sie im Kreis auseinander, machte Schwimmbewegungen, aber kam nicht von der Stelle, beobachtete nur, wie Qs Körper sich in schwachen Konturen wellenartig von ihm entfernte und kurz darauf als Kopf auftauchte.

»Frag mich was!«, rief sie zu ihm hinüber. »Stell mir eine Frage, Saul! Was willst du wissen? Du willst doch irgendetwas wissen von mir!«

Er blickte schweigend zu ihr.

»Ich habe heute von dir geträumt, Saul, von uns! Ich habe von uns geträumt! Wir waren im Wasser, ganz nah beieinander«, sie schwamm ein Stück weit in seine Richtung, »du hast mich angeschaut und kein Wort gesagt, aber ich hab was gesagt«, bei der Hälfte hielt sie an, es musste so tief sein, dass sie nicht stehen konnte, sie hielt sich auf dem Wasser, aber bewegte sich nicht voran. »Willst du wissen, was ich zu dir gesagt habe, Saul?«

Er schüttelte unmerklich den Kopf.

»Frag mich!«

Sein Gesicht verdüsterte sich.

»Ich kann es dir auch so sagen!«

»Tu's nicht.«

»Warum, Saul? Warum kann ich dir das nicht sagen?«

Ihre Arme stießen das Wasser zur Seite, aber sie bewegte sich immer noch kein Stück von der Stelle.

»Warum kann ich es dir nicht sagen, Saul?«

Er senkte seinen Blick.

»Saul!« Sie schloss die Augen, hob das Gesicht, die Sonne löschte ihre Züge aus.

Saul stand bis zu den Schultern im See, stand im Schatten und stierte ins dunkle Wasser.

»Es ist so warm hier! Schwimm zu mir! Ich werd's dir auch so sagen, ohne dass du es erraten musst! Du weißt es doch sowieso schon!«

Sie kniff ihre Augen zusammen und sah wieder zu ihm.

»Ich werd's dir sagen!«, sie lachte. »Saul! Ich …«

Saul ließ sie nicht fertig sprechen. Kaum hatte sie den Satz begonnen, holte er tief Luft und verschwand unter der Oberfläche. Dort, wo er stand, zerfuhr der See zu Ringen, die feinen Reifen zitterten sich breiter und breiter, bis sie langsam abzuflachen begannen, und das Wasser bald an dieser Stelle wieder zu einem glatten Spiegel wurde.

Qs Augen versuchten, Sauls Bahn unter der Oberfläche zu erfassen, versuchten seinen weichgezeichneten Körper in dem trüben Gewässer auszumachen, sie wartete, aber es passierte nichts, es passierte eine Weile nichts. Sie rief seinen Namen und tauchte selbst unter. Ein undurchsichtiges Grün vor ihren Augen, bis die Baumschatten, denen sie entgegenschwamm, es immer dunkler färbten. Sie tauchte auf, konnte stehen, rief seinen Namen nochmal, sah sich um, drehte sich in alle Richtungen, rief seinen Namen, aber nichts deutete darauf hin, dass er in der Nähe war. Das Wasser spiegelglatt, kein Zeichen einer Menschenseele.

Q lief zum Ufer, es platschte bei jedem Schritt, die Steine bohrten sich in ihre Füße. Sie rutschte aus, schlug sich das Knie auf, stieß einen Schrei aus, versuchte aufzustehen, aber stürzte wieder und verletzte sich am Zeh. Ein dünner Blutstrahl strömte wie Rauch einer Zigarette unter dem Wasser hinauf. Sie humpelte aus dem See, setzte sich ans Ufer, drückte ihren Fuß mit der Hand zusammen, in der Hoffnung, der Schmerz würde weniger werden. Ihre Augen sprangen über die Wasseroberfläche, wanderten nach rechts, nach links. Neben ihr blieb der Blick dann endlich stehen.

Wie ein Haufen Gebeine eines übergroßen Tieres überkreuzten sich die Wurzeln der Weide, schichteten sich durcheinander, riesige, hölzerne Knochen. Inmitten dieses Stoßes lag Sauls Kleidung, das schwarze T-Shirt auf der gefalteten Hose, die schweren Stiefel auseinandergespreizt.

Keough

1.

Der Frost hatte die Wellen erschlagen. Mitten im Oktober, vor wenigen Wochen war es noch ein warmer Herbst gewesen, hatte er sie erschüttert, hatte sie aus einem Hinterhalt überfallen und in Schockstarre versetzt. Der Wind hatte über die schwarzblaue Oberfläche des Sees gekämmt, als die Minusgrade eingebrochen waren. Eine Eiskruste lag jetzt über dem Wasser, drang immer tiefer in das Leben darunter ein, verbannte es immer weiter zum Grund. Der Einbruch hatte die Wellenasymmetrien mit einem bröselnden Weiß besprenkelt, Eispulver bedeckte ihre feinen Ausprägungen. Die Bäume am anderen Ufer hatten ihre Äste gespreizt, nackt und knorrig, mit einem gellenden Schrei in den Stämmen, als der Winter sie frühzeitig überfallen hatte. Der Reif hatte das vereiste Gras besprüht. Wie Kristallgebilde ragten die Halme in die Höhe, grätschten auseinander. Träte man darauf, würden sie zu feinem Gesplitter zerfallen, sich zu Eisstaub auflösen und sofort verschwinden. Spuren, Abdrücke fremder Sohlen waren in die Erde eingedrückt, mit ihr erhärtet. Winzige Dendriten funkelten in den eingeprägten Profilbögen, zogen sich strauchartig an ihnen entlang, streckten ihre spitzen Enden wahllos in alle Richtungen.

Noch vor wenigen Minuten hatten die Augäpfel diese Landschaft abgetastet, hatten sich in ihren Höhlen um die eigenen Achsen gedreht. Jetzt wurden sie immer langsamer, und schon bald würden die Temperaturen sie vollständig zum Stillstand zwingen. Leise schmerzten sie an ihren Wurzeln, mitten im Schädel, die Kälte hatte sich bis dorthin durchgefressen. Die Lider blinzelten kaum noch, waren auf halber Höhe erstarrt, zu Hautkrusten, die die Augäpfel gerade noch einfassten, geworden. Die Augen füllten sich mit Flüssigkeit, der letzte Selbstschutzreflex, um sich vor dem Austrocknen zu bewahren. Kaum vollgelaufen, liefen die Tränen das Gesicht hinunter, zwei dünne Rinnsale, die einen sofort die Kälte umso mehr spüren ließen, sobald sie die Haut streiften. Der Eisstaub auf den Wimpern und Brauen hatte sich in den dünnen Härchen eingenistet. Eine lebenstilgende, kalkige Farbe hatte die Haut angenommen. Wachsige Finger, die Adern hatten sich in das Innere der Hände verschanzt, hatten sich bis zu den Knochen zurückgezogen, um von dort die Wärme zu pumpen – das Blut, das in einer unaufhörlichen Bahn durch den Körper seine Kreise zog. Von den Kuppen bis zu den Handgelenken war es aber wie zum Stehen gekommen, der Frost hatte seine Geschwindigkeit gedrosselt. Warum habe ich die Hände nur nicht zu Fäusten gemacht, fragte ich mich. Warum habe ich sie nicht zu Fäusten geballt und sie in die Manteltaschen gesteckt, wo sie es viel wärmer hätten, vielleicht hätte ich sie dann noch gespürt, hätte sie noch regen können. Jetzt sind sie mir in Kuhlen erstarrt, an den Manteltaschen statt in ihnen. Die Füße waren in den Boden hineingewachsen, hatten Wurzeln geschlagen, Frostgeflechte, tief in die Erde hinein. Ich konnte mich keinen Zentimeter bewegen, stand da, in dieser Landschaft, während mir der Körper langsam von unten nach oben vereiste.

Aus der Ferne ertönte ein Ruf. Langsam drehte ich meinen Kopf nach hinten, man rief nochmal.

Eine Schlange aus dunklen Gestalten trieb sich in den rechteckigen Bau. Die Köpfe geduckt, schlichen sie eine nach der anderen und verschwanden im schwarzen Quadrat. Als ihr dünner, immer lichter werdender Schwanz drinnen war, brachte ich meinen Körper dazu, sich in ihre Richtung umzuwenden, und setzte zum Schritt an. Kaum trat ich auf das Gras, zerfielen die Halme zu Kristallstaub, wie vorhergesehen, zu Nichts lösten sich die Stängel auf, die braunen Strukturen zerfielen, zerstäubten zu Nichts. Ich spürte die unebenen Landschaften fremder Sohlen unter meinen, lief in ihnen, erreichte bald den Eingang und trat als Letzter ein.

Man hatte auf künstliche Beleuchtung verzichtet. Die Decke war von dünnen Säulen gestützt, wie Stämme junger Bäume im Raum verteilt. An die zwanzig standen sie in beliebiger Reihenfolge, ragten in die Höhe, über jede von ihnen war jedoch statt dem üblichen Beton, aus dem die Wände und die Decke waren, eine Öffnung ins Freie, ein Kreis, größer als der Umfang der Stützen, wodurch das dämmernde Tageslicht hindurchschien. Die Säulen stemmten die körperlose Schwere des Himmels.

Ich schloss die Tür leise hinter mir und trat zur Seite. Die Köpfe immer noch geduckt, stand der Schwarm aus dunklen Gestalten in dem Säulenwald, und keiner von ihnen drehte sich auch nur einmal nach mir um. Vorne, am anderen Ende des Raums sprach jemand, ein Murmeln drang zu mir durch, ich hörte bloß die zischenden Laute in seiner Rede aufwispern, aber verstand kein Wort.

Über die Dauer des Vortrags kippte der Nachmittag langsam in den Abend, der Raum verdunkelte sich immer mehr. Bald regte sich etwas vorne, es raschelte auf, einer nach dem anderen drehten sich die Körper in meine Richtung. Die gesenkten Köpfe formten wieder eine Schlange und traten nacheinander den Weg nach draußen an. Noch bevor der Erste mich passieren konnte, hob er endlich den Kopf an, sah zu mir herauf, die Augen hefteten sich auf mich, da stockte er, blieb wie versteinert stehen, sodass der Nächste hinter ihm an ihm abprallte. Er riss die Augen auf und stierte mich an. Wo zu Beginn noch Fassungslosigkeit war, überkam ihn jetzt reines Entsetzen, das sich mit jedem Kopf, der zu mir aufsah, um sich griff. Die Gesichter blass geworden, rissen sie alle ihre Augen, rissen ihre Münder auf, einer nach dem anderen, nur blutleere Gesichter mit drei runden Klaffen. Wie eine Schar Geister standen sie da, standen vor mir, fünfzig, sechzig, siebzig Pupillen, kleine, schwarze Punkte, wie Läufe, die sie auf mich gerichtet hielten. Mein Blick sprang von einem Augenpaar zum anderen, ich suchte nach dem einen, das dieses Grauen nicht befallen hatte, suchte nach dem einen Gesicht, nach dem einen Körper, der nicht in dieser Schockstarre verharrt war, aber alles nur bleiche Totenköpfe, ausgehöhlte Schreckensgesichter, zu Gespenstern erschlagen. Es herrschte eine Totenstille, aber dann, plötzlich, regte sich etwas hinten. Ich hörte leise Schritte aus der hintersten Ecke des Raums, etwas Unsichtbares näherte sich mir, schlängelte sich an den erstarrten Körpern vorbei, immer schneller, ich hörte die Schritte immer deutlicher, sah Körper zur Seite taumeln, sah sie schon bald in meiner Nähe zur Seite schaukeln, sah einen Kopf zwischen reglosen Schultern, eine Stirn, und da war es, das Augenpaar, nach dem ich jedes Gesicht abgetastet hatte, Pupillen, die lebhaft zu mir sprangen, von einem Auge zum anderen, manisch hüpften sie von links nach rechts und zurück, sie stand vor mir und sah mich an, die Einzige, die aus der Zeitstarre gefallen war. Ihr Blick tastete mein Gesicht ab, suchte darin nach etwas, als sich die Mundwinkel plötzlich verzogen, auseinanderfuhren, sie riss die Augen auf, presste die Lippen zusammen, hielt die Luft an. Ihr Körper angespannt, unterdrückte sie eine heftige Reaktion, es schüttelte sie regelrecht, sie ballte die Fäuste zusammen, das Schütteln wurde heftiger, wurde mehr, kaum auszuhalten, und da platzte es aus ihr heraus, ein schallendes Gelächter, aus der Mitte ihres Rumpfes, es zerschellte die Stille, hallte durch den Raum, warf sich von einer Wand gegen die andere, warf sich in die erblassten Gesichter, schlug ihnen um die Ohren, sie stand vor mir und lachte, bebte, zitterte vor Lachen, warf ihren Kopf zurück und riss den Mund auf. Das Lachen kam aus der Dunkelheit ihrer Mundhöhle, ich konnte hineinsehen, ein schwarzes, tiefes Lachen, das ein Murmeln um uns herum lostrat, aber sie lachte alles kaputt. Sie lachte sich kaputt, lachte die Stille kaputt, lachte die blassen Gesichter kaputt. Sie begannen ihre Köpfe vor Empörung zu schütteln, brummten, tummelten sich. Die Blicke noch auf mich geheftet, setzten sie sich in Bewegung, wimmelten langsam auseinander, einer nach dem anderen ging durch die Tür, verschwand in den winterlichen Abend. Ihr Lachen aber schallte noch durch den leeren Raum, sie versuchte, es in den Griff zu bekommen, schloss den Mund und kicherte durch die Nase, aber es presste sich, stieß sich aus ihr heraus und echote wieder von den Wänden, ein Chor aus Lachern prasselte auf mich ein.

Meine Augen wanderten durch den Raum, während sie da vor mir stand und gegen ihren Anfall kämpfte. Zwischen den Säulen, in der wachsenden Dunkelheit kam mein Blick endlich da an, weshalb ich diese Reise auf mich genommen hatte. Ich sah Saul.

2.

Seit er einen Bart wachsen lassen konnte, hatte ich ihn nie mehr ohne gesehen. Damit hatte er sich von mir abgegrenzt, so konnte man uns nie wieder verwechseln. Und jetzt lag er da, nicht glatt rasiert, aber stoppelbärtig, lag aufgebahrt in einem hellen Sarg, einer blanken Holzkiste, in Schwarz gekleidet. Schwarzer Pulli, schwarze Hose, schwarzer Mantel. Man hatte ihn in diesen Mantel gesteckt, der einmal perfekt saß. Ich konnte nur nachvollziehen, wie er über die letzten Monate aus ihm entschwunden war, sich aus ihm herausgeschrumpft hatte. Dieser Körper, der einst jeden Zentimeter dieses Filzpanzers ausgefüllt hatte, lag jetzt darin wie in einem zweiten Sarg.

Sie trat an ihn heran und blickte ihm ins Gesicht.

»Ich habe ihn noch nie ohne Bart gesehen«, sie schwieg. »Warum hat er ihn abrasiert. Als wollte er nicht mehr er selbst sein, wenn er stirbt.«

Sie sah zu mir.

»Er hat mir nie von dir erzählt. Ich kann nicht glauben, dass er's wirklich getan hat.«

Ich öffnete meinen Mund, um sie zu fragen, was er da getan habe, aber sie kam mir zuvor:

»Ich wusste gar nicht, dass er diese Geschichte kannte.«

»Was meinst du?« Zum ersten Mal richtete ich Worte an sie, ihr Blick sprang zu mir, etwas schien sie getroffen zu haben, sie sah mich leicht erschüttert an.

Ich wurde unsicher, schüttelte den Kopf, sie musste mir meine Zerstreutheit vom Gesicht ablesen können, berührte mich sanft am Oberarm, sah hinunter und schüttelte ihren ebenfalls.

»Entschuldige … deine Stimme … ist seltsam … hat mich kurz aus dem Gleichgewicht gebracht …«

Sie stockte.

»Die Stimme … ja«, stammelte ich, »Zwillinge … teilen nicht nur das Aussehen. Ich … kann auch schweigen. Ich hab wirklich nichts zu …«

Sie sah wieder zu mir hinauf, ich verstummte.

Wir blickten uns eine Weile an.

»Die Geschichte ist die«, begann sie, »ein Mann stirbt und sein Zwillingsbruder kommt zur Beerdigung. Keiner der Anwohner weiß aber, dass der Tote einen Bruder hatte. Dann passiert im Grunde das, was heute passiert ist …«, ihre Augen wanderten zu Saul. »Ist meine Lieblingsgeschichte. Ich kann mich nicht erinnern, dass ich mit ihm je darüber gesprochen habe«, sie hielt inne, dann fügte sie hinzu: »Nicht zu glauben, dass er sie nachgestellt hat.«

Sie sah ihn an, voller Sanftheit, sah ihn minutenlang schweigend an, dann wandte sie sich zu mir.

»Du bist so schmal wie er jetzt. Oder er ist so schmal wie du. Das ist alles so schleichend passiert, über die letzten Monate. Jedes Mal, wenn ich ihn gesehen habe, hat er weniger gewogen. Ich dachte, das ist die Arbeit, die ihn ausgemergelt hat. Er hat ja wie ein Wahnsinniger geschuftet. Ich wusste nicht, dass er krank war. Ich habe ihn ständig gefragt, warum er keine Pause einlegt, warum er sich jeden Tag von früh bis abends abrackert, aber er stand einfach unter Zeitdruck. Er wollte fertig werden, bevor der Körper nicht mehr konnte.«

Ihr Blick betastete mein Gesicht, sprang von einem Auge zum anderen.

»Ist es nicht komisch, ihn so zu sehen? Muss wie in den Spiegel schauen sein für dich.«

Ich räusperte mich, runzelte die Stirn, entschied mich für einen neutraleren Gesichtsausdruck, aber sie bemerkte mein Unbehagen. Sie kniff leicht die Augen zusammen und musterte mich.

»Hast du Angst vor dem Tod?«

Ich nickte zögerlich.

Sie sah wieder zu Saul.

»Er hat sich rasiert«, sie schüttelte ungläubig den Kopf. »Als würde da ein Fremder liegen. Ich fasse es immer noch nicht. Er ist mir so fremd ohne seinen Bart. So fremd in diesem mageren Körper. Die letzten Wochen habe ich ihn nicht gesehen. Er ist verschwunden. Wie vom Erdboden verschluckt. Ich erkenne ihn kaum wieder, wenn er so daliegt. Da ist kaum was von ihm übrig in dieser Kiste.«

Ihr Blick streifte mich, sie ließ ihn sofort zu Boden gehen.

Ich öffnete meinen Mund, um ihr zuzusprechen, etwas Tröstendes sollte es sein, das sie von diesem Schmerz befreite, das ihr diesen Schmerz erleichterte oder ihn einfach weniger machte. Sätze stauten sich in meinem Kopf, so viele, dass ich sie nicht voneinander scheiden konnte, so gleichzeitig und so laut, dass ich sie nicht auseinanderklauben konnte. Ich drehte meinen sprachlosen Kopf zu ihr, sah sie an, sie erwiderte. In ihren Augen war eine leise Erwartung, aber kein Ton entschwand meinem Mund, ich klappte bloß meinen Kiefer zu, schluckte und sah zur Seite.

Saul lag da, lag in seinem Sarg, der Kopf ruhte auf einem weißen Kissen. Die Dunkelheit hatte seinen Körper mehr und mehr eingenommen. In der Dämmerung hatten sich die Schatten in jede Einbuchtung eingeschlichen, hatten sein Gesicht in

Schwarz und Grau zerschnitten. Aus dem Haar breitete sich die nächtliche Schwärze immer mehr aus, breitete sich zäh, breitete sich wie dicke Flüssigkeit träge über sein Gesicht, schluckte immer größere Teile seines Körpers, fraß ihn in sich hinein. Er schien immer schwerer zu liegen, die Dunkelheit drückte ihn immer mehr in den Sarg hinein, man hatte das Gefühl, die Wände um ihn herum seien höher geworden, und Saul sänke tiefer hinein. Ich hörte, wie sie ihre Fingernägel in das Holz hineinkrallte, ein kratzendes Geräusch, das Stöhnen eines gebrochenen Körpers. Ich stand wie angewurzelt daneben.

Als der Raum immer dunkler wurde, löste sie ihre Hände vom Sarg und sah mich an.

»Ich bin Q.«

Ich räusperte mich.

»Wie der englische Buchstabe?«

»Keough«, sagte sie und reihte Buchstaben aneinander, ein sonderbares Wirrwarr an Zeichen, die zusammen klanglich keinen Sinn ergaben.

»Ich bin Aezrail … aber nenn mich Aezra.«

»Asrael, der Todesengel?«, sie lächelte leicht. »Deine Namensgeber waren ja nicht sehr barmherzig.«

Ich zuckte mit den Schultern:

»Ich glaube, sie mochten den Klang.« Dann fügte ich hinzu: »Außerdem hat Saul wegen mir fast nicht überlebt im Mutterleib. Vielleicht war es eine Art, mich daran zu erinnern.« Mit dem letzten Satz versuchte ich, die Situation in Richtung eines Witzes zu lenken, aber er kam nicht an, Keoughs Blick war von Ernsthaftigkeit belegt. »Saul hat mich Aezra genannt«, sagte ich, »das hat sich dann durchgesetzt.«

Ihre Lippen ahmten das Geräusch meines Namens nach, aber nichts drang nach außen. Sie sah zu mir:

»Hast du mit ihm gesprochen … vor seinem …«

Ich nickte.

»Nicht oft. Seitdem er hierhergekommen ist, nur ein paar Mal. Ich hatte ja keine Informationen, keine Adresse, keine Nummer. Er hat angerufen. Und letztens einfach eine Postkarte geschickt, mit dem Termin hier. Ich wusste schon, worum es sich handelt. Er hat kein Geheimnis daraus gemacht, wie es mit ihm enden wird.«

»Er wusste … alles?«

Ich nickte wieder.

»Er wusste … alles. Er wusste, wie es enden wird. Er hat um den Ausgang gewusst, den Termin, den Tag seiner Beerdigung?«, die Augen auf ihn gerichtet, starrte sie ins Leere, murmelte die Worte, sodass sich der Mund kaum bewegte.

»Er hat alles selbst ausgemacht, letzter Wille, der heutige Tag. Alles geplant.« Ich schwieg. »Er … hat dich nicht eingeweiht?«

»Er hat mich ständig nur zurückgewiesen«, ihre Stimme durchfuhr eine plötzliche Härte. »Er hat überhaupt kaum gesprochen. Ich war wohl die unvorhergesehene Größe in seiner Kalkulation, das unerwartete Ereignis in seiner Geschichte. Wollte mich partout nicht einbauen.«

Ich sah sie an, das Gesicht still und reglos. Die Erkenntnis hatte ihre Züge ersteinern, die Nacht hatte die Haut ergrauen lassen.

»Wo ist der Wal?«

Sie richtete langsam ihren Blick auf mich, aber antwortete nicht.

»Ich will sehen, woran er so lange gearbeitet hat. Ich will es verstehen.«

»Ich will es auch verstehen«, flüsterte sie.

Ich sah zu Saul: »Wie geht es mit ihm weiter?«
Sie folgte meinen Augen.
»Morgen. Morgen äschern sie ihn hier ein.«

3.

An die zwanzig Ringe über unseren Köpfen, durch die es hindurchdämmerte. Das letzte Licht des Tages, die Überbleibsel der längst untergegangenen Sonne schimmerten schwach um die Säulen. Der Himmel, schwer verhangen, billigte die Nacht nicht, ließ die Dunkelheit nicht durch, aber auch die Wolken konnten kaum etwas gegen die Finsternis ausrichten, die ihren Vernichtungszug begonnen hatte.

Draußen hatte sich alles in zwei Töne auseinandergefärbt, schwarzblau, blauschwarz. Keough steckte den Schlüssel ins Türloch, drehte ihn zweimal gegen den Uhrzeigersinn und warf ihn in den Briefkasten – es schepperte, als er auf dem Boden aufkam. Sie sah mich an, mit ihren dunklen Augen, das Gesicht nachtblau, das Haar kobaltfarben. Ich spürte, wie sie wiedererkannte, die Stoppeln mussten mir das halbe Gesicht in Dunkelheit vermummen, mussten in der Dunkelheit zu einem Bart zusammenwachsen. Ich versuchte zu lächeln, Saul-untypisch, aber es gelang mir nicht.

Wir liefen schweigend nebeneinander, während der Weg unter uns seine Gestalt wechselte. Wo noch erfrorene Erde war, bewegten sich unsere Füße bald über den Asphalt, rutschten über vereiste Stellen, die vom Kiesel abgelöst wurden. Grob knirschte er unter den Sohlen, knirschte die nächtliche Stille kaputt, rollte unter unserem Gewicht davon, bis auch er verhärtetem Lehm weichen musste. Wir liefen durch eine Allee aus allein stehenden verästelten Baumstämmen, die über Nacht alles verloren hatten. Langsam siebten sie sich aus, und eine platte Feldlandschaft, der der frühe Winter jegliches

Leben genommen hatte, hatte sich vor uns breitgemacht. In der Ferne ein dunkler Streifen, ein Wald musste es sein, wie fremdgesteuert zielte ich ihn an, aber Keough blieb plötzlich stehen, während meine Füße sich mechanisch weiterbewegten, ich setzte noch drei Schritte, bis ich ebenfalls zum Stehen kam. Ich drehte mich nach ihr um, sie nickte zur Seite, ich blickte in die Richtung. Etwas Schwarzes, ein Quadrat, ein Schlund öffnete sich vor uns, ein Portal ins Unbestimmte, ein Einstieg, ein Ausstieg, die eine Hälfte hatte den wolkenverhangenen Himmel durchstanzt, die andere den starren Acker.

Wir näherten uns ihm langsam. Die Füße steuerten ihn wie von selbst an, instinkthaft bewegten sich unsere Körper darauf zu, folgten einem lautlosen Ruf, das Schwarze wurde immer größer, baute sich immer mehr vor uns auf, wir hielten an.

Mit einem einzigen Blick brachte mich Keough vor dem Treppenaufgang zum Stehen. Der leichte Wind blies ihr die Haare aus dem Gesicht, frostete die Haut zu einer Maske ein.

Ich lief an der Treppe vorbei, trat an das Haus, legte meine Hand an die Wand und betastete die raue Oberfläche. Schindeln bedeckten die Fassade. Dünne Holzbrettchen, Holzblättchen, wie Fischschuppen zogen sich über die komplette Mauer. Die Finger holperten über sie, als ich ums Haus lief. Keine Ecke, kein Winkel, die Außenfassade war eine fortlaufende Kurve, ein Kreis, und schon stand ich wieder am Anfang, wo Keough auf mich wartete.

Am Ansatz und Absatz der Treppe pfählten zwei dünne Metallstangen das Geländer an beiden Seiten, das oben und unten in sie winkelte. Keough lief die fünf Stufen hinauf, ohne dieses filigrane Konstrukt auch nur zu berühren, legte ihre Hand auf die Klinke und gab mir ein Zeichen, ihr zu folgen, nickte einmal nach rechts in Richtung Tür. Kaum erreichte ich die Mitte der Treppe, drückte sie den Griff hinunter, lehnte sich gegen die Tür, aber nichts passierte. Keough ruckelte noch einmal, sie war versperrt.

Sie fluchte leise. »Ist zu. Er hat ihn in letzter Zeit immer abgesperrt, aber ich dachte, das macht er nur, um vor mir zu flüchten, nur, damit ich nicht reinkomme.«

Sie passierte mich, streifte mich dabei an der Schulter, sodass ich kurz taumelte. Mein Blick folgte ihr, wie sie zurück zur Ortschaft losmarschierte. Auf dem Lehmpfad blieb sie stehen und drehte sich um.

»Komm. Der Schlüssel ist in seinem Haus, wir haben ihn damit sicher nicht in den Sarg gelegt. Wenn er einen so großen Masterplan hatte, wird er ihn nicht in seinem Mantel vergessen haben.«

»Wie lange habt ihr euch nicht gesehen?«

Wir liefen schweigend nebeneinander, als sie endlich die Stille brach. Die Ortschaft dunkel, nur von Laternen beleuchtet, in keinem einzigen Fenster brannte Licht, in den Häusern alles zappenduster. Ich überlegte.

»Jahre.«

Das Laternenlicht wärmte flüchtig das Nachtblau aus ihrem Gesicht.

»Gab es Streit?«

Kaum hatten wir den Laternenumkreis verlassen, nahm die Dunkelheit wieder ihre Züge in Besitz.

Ich schüttelte unmerklich den Kopf, sie bekam nichts davon mit.

»Nichts dergleichen«, ich schwieg. »Wir sprachen hin und wieder miteinander, aber gesehen haben wir uns nicht. Wir lebten einfach weit auseinander.« Ich fügte hinzu: »Saul hatte viel zu tun. Er war viel unterwegs.«

Keough blickte das erste Mal zu mir, seitdem wir vom Wal gegangen waren.

»Weshalb?«

»Arbeit. Er war Bildhauer. Nicht unerfolgreich.«

Sie blieb stehen.

»Saul war Bildhauer?«

Versetzt kam ich auch zum Stehen und drehte meinen Kopf zu ihr.

»Ja.«

»Er hat es nie erwähnt.«

»Er war ja auch irgendwie keiner mehr, als er hierhergezogen ist. Vielleicht deswegen nicht.«

Sie runzelte fragend die Stirn.

»Er hat eines Tages beschlossen, kein Künstler mehr zu sein, hat aufgehört. Hat sich zurückgezogen, dann ist er verschwunden, und niemand wusste wohin. Am Gipfel seines Erfolgs quasi. Er war einfach drüber hinweg.«

»Und dann?«

»Dann ist er hierhergekommen.«

»Wegen dem Wal?«

Ich nickte.

»Warum?«

Ich machte Anstalten, unseren Gang fortzusetzen, sie folgte.

»Er hat ihn irgendwo entdeckt, diesen Bau, von einer Architektin entworfen, sie hat ihn einfach so gebaut, er hatte keinen Sinn und Zweck, einfach ein Bau ohne Intention. Das hat damals alle Leute verwirrt, sie hatte viele gegen sich aufgebracht … Aber wem erzähl ich das, das wissen hier wahrscheinlich alle.«

Keough sah mich an und zuckte mit den Schultern:

»Niemand weiß was über den Wal, der gehört ja nicht wirklich zur Ortschaft, ist hier nicht wirklich ein Thema, wenn, dann war er das nur in Zusammenhang mit Saul.«

Wir passierten eine Wirtschaft, das einzige Haus mit Licht in den Fenstern. Dumpf ertönten Stimmen daraus, Keough lief daran vorbei.

»Was ist mit dem Wal dann passiert?«

Ich überlegte kurz:

»Die Architektin war dann tot oder so was, und ein Fotograf, vielleicht ihr Ehemann oder ein Verwandter oder irgendjemand, der den Wal geerbt hat, hat ihn dann zu seinem Arbeitsraum gemacht. Er hat ihn gefliest, Wannen eingebaut, ich weiß nicht was, und hat ihn für seine Zwecke genutzt. Irgendwann stand der Wal dann leer, und Saul hat ihn sich geholt. Ich weiß nicht genau wie.«

»Ich erinnere mich, wie Leute von einem gesprochen haben, der in die Ortschaft gekommen ist und irgendwas im Wal macht. Aber Saul war wie ein Schatten, ich habe ihn erst Monate später gesehen, nachdem die Gerüchte um ihn angefangen haben.« Sie lächelte in ihre Erinnerung hinein, sah zu mir, musste sich erwischt fühlen, das Lächeln fiel ihr vom Gesicht. Mit einem nüchternen Ausdruck fragte sie: »Woher weißt du die ganzen Dinge über den Wal?«

»Ich hab das alles irgendwo gelesen«, antwortete ich, »es gibt nicht viel zum Wal, die Informationen sind spärlich, und alle wiederholen sich. Zum Beispiel habe ich keine Ahnung, warum das Ding der Wal heißt. Das kann keine Quelle beantworten. Weißt du's?«

Sie zuckte mit den Schultern:

»Seit ich mich erinnern kann, heißt er so, ich habe mich das nie gefragt.«

»Wegen der Schindeln macht es keinen Sinn, sie sehen aus wie Fischschuppen, Wale … haben ja keine.«

Sie überging meine Aussage:

»Hat Saul dir viel über den Wal erzählt?«

»Ich weiß nicht mehr, wie viel er erzählt hat und wie viel ich mir selbst angelesen habe. Das meiste habe ich mir wahrscheinlich selbst zusammengereimt. Saul hat mit den Jahren ja immer weniger geredet.«

»Es gab also andere Zeiten.«

Das Laternenlicht ließ ein schwaches Lächeln in ihrem Gesicht erkennen.

»Sa-ul«, ich betonte die zweite Silbe, »ist auf Arabisch ein Adjektiv für jemanden, der so viele Fragen stellt, dass es unerträglich ist, schon fast lästig viele. Unsere Mutter nannte ihn als Kind immer ساؤول. Das ist dann zu seinem Spitznamen geworden, und irgendwann hat es sich zu seinem Vornamen etabliert.«

»Saul hat Leute also mal mit Fragen gequält«, sie lachte aus der Nase auf, »das ist absurd.«

»Er hat sich viel Ärger damit eingehandelt.«

»Und dann hat er aufgehört, Fragen zu stellen?«

»Er hat grundsätzlich aufgehört, viel Gebrauch von seiner Stimme zu machen. Vielleicht hat er die Fragen nur in seinem Kopf gestellt, weißt du«, ich lächelte sie an, aber stieß auf keine Erwiderung. Das Lächeln war aus ihrem Gesicht verschwunden, als wäre es nie da gewesen, Keough schaute gedankenverloren geradeaus.

»Ich kannte einen ganz anderen Saul«, sagte sie endlich. »Ich kannte einen, der keine Fragen gestellt hat. Der überhaupt nicht viel gesprochen hat, und wenn, dann waren es immer nur halbe Sätze. Ich kannte den Bauarbeiter, nicht den

Bildhauer. Nicht den, der gebildet, sondern den, der beseitigt hat.«

Wir liefen eine Steigung hinauf. Mit jedem Schritt fühlten sich die Füße schwerer und schwerer an. Der Aufgang raubte die Kraft. Bei jedem Versuch, die Sohlen vom Boden zu lösen, musste ich das Gewicht auf die Knie verlagern. Auf halber Höhe wurde der Abstand zwischen den Schritten so klein, dass wir uns kaum voranbewegten. Als hätte man in die Schuhe Magneten hineingelegt, die von einem dunklen Kern unter dem Asphalt angezogen wurden, vom Erdboden, der auf unsere Schwere angewiesen war, der unsere Schwere gebraucht hatte, das Gewicht unserer Körper, damit er Boden sein, damit er sich von den Weiten über uns scheiden konnte.

Kaum waren wir oben angelangt, wurde der Asphalt zu Schotter. Bei der Gabelung bogen wir links ab, erklommen die nächste Böschung, Keough ging rechts durch eine Gartentür, es quietschte in der Angel. Erst dann fiel mir auf, dass wir den gesamten Aufstieg über miteinander nicht gesprochen hatten. Nur unser schwerer Atem war zu hören, je mehr wir uns über die Ortschaft erhoben, je mehr wir über sie stiegen und sie immer weiter hinter uns ließen.

Sie lief über den erfrorenen Erdboden. Es roch nach vermodertem Gras. Ich folgte ihr zur Terrasse, blieb stehen, während sie in der Dunkelheit den Boden abtastete. Sie erhob sich, steckte den gefundenen Schlüssel ins Loch, es klackte. Keough drehte sich zu mir um und sah mich an. Ohne ihren Blick von mir abzuwenden, drückte sie gegen die Tür, das Holz vibrierte, als sie aus dem Rahmen fiel. Sie ging in die Hocke, schnürte mechanisch ihre Stiefel auf, schlüpfte aus ihnen. Sie stand wieder reglos vor mir und sah mich schweigend an. Dann wandte sie sich um, schritt über die Schwelle und verschwand in der Schwärze des Türspalts.

4.

Kaum schluckte mich die Dunkelheit, die Schwärze, in der sich Keoughs Körper aufgelöst hatte, ratschte es. Ein Streichholzköpfchen, das sie gegen die Reibefläche schlug. Es schabte, dann knackte es. Das Holz musste entzweigebrochen sein. Ich hörte Keough in der Schachtel kramen, die Hölzer rieben sich aneinander, sie musste eins herausgepickt haben, es schlug wieder gegen die Phosphorschicht – im Raum leuchtete ein winziger Punkt auf. Er bewegte sich zur Seite, es zischte leise, er wurde kurzzeitig größer, verteilte sich auf zwei. Der erste der beiden schnitt sich als Lichtstrich durch die Dunkelheit und erlosch sofort.

Das Licht der Kerze erhellte Keoughs Gesicht. Ein schwirrendes Gesicht, mitten im Raum, die Schatten schnitten einfache Geometrien hinein und zerteilten die Züge in bloße Partien. Ihre Stirn, Nase, das Kinn und die Wangen ragten in Bernsteingelb hervor, der Rest war in Finsternis getaucht.

»Sie haben bereits den Strom abgestellt …«, sie stockte.

»Was ist?«

Sie versuchte, mich in der Dunkelheit ausfindig zu machen, musterte die Stelle, aus der meine Stimme kam, aber ihr Blick verfehlte mich.

Sie schüttelte den Kopf.

»Ich habe nur überlegt, ob er hier jemals Strom hatte«, sie machte eine Pause, »ich habe es vergessen. Er musste. Oder?«

Ohne meine Antwort abzuwarten, wanderte ihr Kopf nach links, schwebte mit dem warmen gelben Schein ein paar Schritte durch den Raum, machte eine Kurve nach unten, sie musste sich bücken. Ich hörte, wie sie mit der freien Hand eine Schublade ausfuhr und darin herumwühlte. Ihre Finger tappten gegen Holz, schienen auf nichts zu stoßen.

Das Blut gefror mir in den Füßen. Die Kälte fraß sich durch die dünne Sockenschicht.

»Ich kann ihn nicht finden«, sagte sie, »es ist zu dunkel hier.«

Das Kerzenlicht flackerte, sie leuchtete irgendwohin, ihr Gesicht verschwand in der Dunkelheit.

»Den Schlüssel?«

Sie gab keine Antwort.

Das Licht hüllte ihre Haut wieder in seine Wärme ein. Sie hielt es so nah vor sich, dass ich ihre Augen endlich sehen konnte. Sie wanderten in meine Richtung, Keough richtete sich auf, in drei Schritten näherte sich mir ihr Gesicht, sie stand vor mir, der Schein flackerte im Luftzug, der durch den Türspalt hineingelangte.

Sie sah nach unten, dabei kippte sie die Kerze leicht mit, ich fühlte, wie das Wachs meinen großen Zeh verbrühte, ein heißer Tropfen, der sofort zu einem harten Höcker wurde und seine Wurzeln in den dünnen Stoff schlug. Keough bemerkte das alles nicht, ihr Blick wanderte wieder zu meinen Augen.

Sie lehnte sich vor, so nah an mich, dass ich ihren Atem spürte, die Tür fiel ins Schloss. Dann trat sie wieder einen Schritt zurück.

»Es ist eisig kalt. Und dunkel. Wir werden nichts finden, obwohl ich mich hier blind auskenne«, und schob gleich hinterher: »Auch wenn es nicht viel gibt, womit man sich auskennen kann, du wirst sehen.«

Wir standen uns so nahe, dass das Licht sich auf unser beider Gesichter verteilt haben musste. Zwei schwebende

Ovale, während der Rest unserer Köpfe von der Dunkelheit verschlungen war.

»Heute kommst du nicht mehr in den Wal«, sie sah nach links und nickte in die Richtung, »schlaf hier.«

Ich blickte automatisch dorthin, wo sie mit dem Kinn hindeutete, aber sah bloß in die Dunkelheit.

»Und du?«, fragte ich.

»Ich kann dich morgen früh hier abholen.«

»Schlaf im Bett. Ich kann auf der Couch schlafen.«

Sie lachte aus der Nase auf.

»Es gibt hier nur das Bett.«

Ich tastete mich durch die Dunkelheit, musste aus dem Kerzenschein hinausgetreten sein. Keough stand unbewegt da, ihr Blick versuchte mich daraus herauszumustern, ich sah, wie ihre Augen sich durch die Leere bewegten. Meine Hände stießen an die Bettkante, ich beugte mich mit ausgestreckten Armen vor, tastete weiter, berührte bald das Laken, drückte mit beiden Händen gegen die Matratze und setzte mich.

Für einen kurzen Moment verschwand ihr Gesicht aus dem ockerfarbenen Flimmer. Ich sah ihren Oberarm, ein loses Glied, das sich durch den Raum bewegte, als würde das Licht es tragen, nicht umgekehrt, sah, wie es sich von mir entfernte, in einem Halbkreis kam es wieder näher, ich spürte, wie die Matratze auf der anderen Seite des Bettes durchgedrückt wurde, dann tauchte ihr Gesicht wieder auf. Wir blickten uns an, dann verschwand sie erneut. Das Licht wanderte alleine weiter, ich hörte, wie sie die Kerze abstellte, ein dumpfes Geräusch, als der Boden des Ständers auf einer Holzoberfläche aufkam. Der Nachttisch, ein Stück Wand dahinter und die Ecke des Bettes traten aus der Dunkelheit hervor, reglos schien die Flamme um den Docht, als wäre die Zeit stehen geblieben.

Wir saßen auseinander, ich am Fußende, sie am Kopfteil, uns quer gegenüber, für den jeweils anderen unsichtbar, in der Dunkelheit aufgelöst. Ich stellte mir vor, wie sie da saß, vielleicht auf einem Bein, während das andere mit der Fußspitze den kalten Boden berührte. Vielleicht hatte sie die Hände zwischen die Schenkel geklemmt, um sich zu wärmen. Vielleicht stützte sie ihren Rücken gegen die Kopflehne des Bettes. Ich musste für sie das Gleiche sein. Eine Vorstellung, sie musste sich meine Position ebenfalls ausdenken, mein Gesicht, meine Körperhaltung, was ich tat.

Auch nach einer Weile hatten sich die Augen nicht an die Dunkelheit gewöhnt. Auch nachdem sie die Kerze ausgeblasen hatte. Der Rauch geisterte durch den Raum, stach in die Nase.

Langsam senkten sich die Lider. Ich wechselte meine Position, lehnte mich nun an das Kopfende, rutschte immer weiter ins Liegen, ertastete mit der Hand den Deckensaum und zog den Stoff über mich. Lange hörte ich kein Geräusch neben mir. Keough schien verharrt zu sein. Vielleicht war sie eingeschlafen. Ich sagte nichts, um sie nicht zu wecken, entspannte meine Schultern, der Kopf sank ins Kissen, und ich fiel in einen tiefen, bleiernen Schlaf.

5.

Keough werkelte in der Küche – derselbe Raum, aber um eine Ebene, eine einzige Stufe, von dem, wo ich geschlafen hatte, erhöht.

Sie drehte sich um, sah mich an, als ich mich im Bett aufsetzte, aber ihre Hände werkelten von alleine weiter. Etwas entwischte ihr, fiel, sie wandte sich wieder um und richtete ihre Aufmerksamkeit auf ihr Tun.

Sie hatte recht. Das Haus war auf das Mindeste reduziert. Es gab kaum Möbel, kaum Einrichtung, außer dem Bett, den Nachttischen und der Anrichte gegenüber. Das Bett hatte die simpelste Form, solche Betten zeichneten Kinder. Helles Holz, vier herausragende Stäbe, die die Lehnen am Fuß- und Kopfende hielten. Nichts zierte den Raum. Das war Saul. Er hatte nie Persönliches an die Wände gepinnt, geklebt, gehängt, nicht mal als Heranwachsender. Er hatte seinen Charakter nie auf den Raum um ihn herum ausgeweitet, hatte ihn immer nur in seiner Person bewahrt. Wahrscheinlich waren sogar die Möbel, die hier herumstanden, nicht seine, sondern wurden zusammen mit dem Haus vermietet.

Ich sah durch das kleine Fenster links von mir, das zur Terrasse blickte. Der Himmel klumpte. Die Wolken, in allen Abstufungen des Graus, waren in seiner Masse geronnen, bewegten sich nicht voran. Draußen musste es windstill sein.

Keough stand neben mir und hielt zwei henkellose Becher in ihren beiden Händen, reichte mir einen und setzte sich neben mich.

»Ich hab den Kaffee vom Bäcker aus dem Ort«, sagte sie. »Hab den einfach in die Tassen umgefüllt. Dachte, so ist's heimeliger.«

Schwarze Brühe starrte mich an, fast dickflüssig, mein Herz schlug schneller schon bei dem Gedanken, daran auch nur zu nippen. Ihr Becher war im Gegensatz zu meinem bis zum Rand gefüllt, aber der Inhalt weniger dickflüssig, sondern driftete mehr ins Braune ab. Sie folgte meinem Blick und sah hinunter.

»Weiß nicht, wie du deinen Kaffee trinkst, also hab ich ihn schwarz bestellt. Mir aus Solidarität auch. Nur hab ich meinen mit Leitungswasser gestreckt.«

Sie fuhr sich den Kaffee an den Mund, sah mich erwartungsvoll an, ich tat es ihr gleich und nippte an meinem. Sie musterte mein Gesicht dabei, ich strengte mich an, es wegen der Bitterkeit nicht zu verziehen, aber spürte, wie das eine Auge zuckte und mir so den Gleichmut, um den ich mich bemühte, aus der Miene tilgte. Ich sah wieder zu ihr, um sicherzugehen, dass sie es nicht bemerkt hatte, und traf auf ihren überraschten Blick. Sie schüttelte den Kopf, als würde sie ihre Reaktion mitabschütteln wollen, streckte ihre Hand aus und nahm mir den Kaffee ab.

Sie kam zurück, mit einem bis zum Rand gefüllten Becher, mit verdünnter Flüssigkeit, kühler, sodass es erträglicher war, ihn in der Hand zu halten.

»Ich hätte dich fragen sollen, wie du ihn trinkst, wollte dich nicht wecken. Ich bin automatisch von Sauls Gewohnheit ausgegangen, mein Fehler.«

Ich schüttelte versöhnlich den Kopf, die Stimme wollte noch nicht durch die Kehle dringen, und winkte ab.

»Wir können nach dem Kaffee los. Ich habe den Schlüssel

gefunden. Er lag auf der Fensterbank«, ihre Augen sprangen zum Fenster, die Iris fast durchsichtig vom grellen Licht.

»Keough«, die Stimme versagte mir, ich sprach ihren Namen zum ersten Mal aus, aber der Ton drang einfach nicht zu ihr durch. Stattdessen kam ein wispernder, rauer Laut heraus. Ich räusperte mich, versuchte es wieder, und diesmal fühlte sie sich von meiner Stimme angesprochen. Sie blickte mich an, das Licht ließ sie ihre Augen nicht ganz öffnen. Von den tief liegenden Brauen wie abgeschirmt, richtete sie sie auf mich.

»Wer …«, mein Blick stieß auf ihren, ich stockte.

Ihre Pupillen hatten sich um keinen Millimeter bewegt. Wie eingefroren saß sie neben mir und sah mich schweigend an. Dann beugte sie sich vor, stellte ihren Becher auf dem Nachttisch ab und lehnte sich gegen den Fußteil des Bettes.

»Wer ihn entdeckt hat?«

Sie hatte jedes einzelne Wort meines unfertigen Satzes ausgesprochen, hatte meine abgebrochene, abgerissene Frage selbst zu Ende gedacht. Ich hatte diese Frage unbedacht begonnen und noch rechtzeitig aufgehört, aber sie hatte das zum Abschluss gebracht, was ich mich vor der Angst, sie damit in einen Schmerz zu schmettern, der gerade in diesem Moment noch ruhte, nicht getraut hatte.

»Ich habe ihn gefunden«, sie senkte den Blick. »Er hat sich die letzten Monate zurückgezogen, ist verschwunden, das letzte Mal hab ich ihn am See gesehen. Dann habe ich mal seinen Fuß erwischt, als er in den Wal geflüchtet ist und die Tür hinter sich abgesperrt hat, mal die Hand, die diese Tür zugezogen hat. Dann habe ich gar nichts mehr gesehen, habe ihn bloß gehört, keuchen oder räuspern, seinen rasselnden Atem habe ich gehört. Habe ihn Sachen bewegen hören, schwere Dinge, die er am Boden geschleift hat, gescheuert, geschleppt. Ich habe die ganze Zeit auf der anderen Seite der Tür seine Bewegungen rekonstruiert. Ich hörte, wie er immer schneller außer Atem kam, stellte mir vor, wie er sich gegen die Tür, an der ich lauschte, gelehnt und sich zurück in seinen Körper geatmet hat. Ich glaube, er hat im Wal auch geschlafen, er hat nicht mehr aufgehört zu arbeiten. Ich habe mir mit jedem Geräusch, das er von sich gab, vorgestellt, was er dabei tat, wie er dabei ausgesehen hat. Aber zu Gesicht bekommen habe ich ihn nicht mehr. Und eines Tages war er dann nicht mehr da. Der Raum war in komplette Stille versunken, die Tür abgeriegelt. Ich ging zu seinem Haus und … da sah ich die Notiz, die an seiner Tür hing. Ich solle die Zuständigen informieren, *ich*, es war an mich adressiert … Durch das Terrassenfenster habe ich ihn dann gesehen«, sie richtete ihre Augen zum Fenster, zum geflockten Himmel – das grelle Licht löschte wieder ihre Iris aus, die Pupillen waren zu winzigen Punkten zusammengeschrumpft. Keough wurde still.

Meine Hände hatten dem Kaffee die letzte Wärme entzogen. Wie ein lauwarmer, glatter Stein lag der Becher darin.

Ihre Augen mussten schmerzen, schoss mir durch den Kopf, aber kaum dachte ich es, sprangen sie raubtierartig zu mir.

»Er lag hier auf dem Bett«, sie blickte zur leeren Bettseite neben mir. »Als würde er schlafen. So dünn, dass ich erschrak. Ich hab ihn sogar kurz nicht erkannt. So ohne Bart, mit diesen eingefallenen Wangen. Dachte, da liegt jemand anders.«

Sie hielt still, stierte auf die leere Seite des Bettes, in die sich sein Körper eingeprägt hatte. Dann wanderten ihre Augen wieder zu mir, sie musterte mein Gesicht.

»Er ist nicht als er gestorben. Als ein anderer. Ein Fremder.«

Wir liefen den gestrigen Weg zurück, liefen den Abhang hinunter. Bei jedem Schrittansatz gab es einen Aufschwung nach oben. Für einen Augenblick schien ich wie abzuheben, und, kaum war ich in der Luft, fiel mein Körper in die Knie zurück, Knie, die ihn sich nicht loslösen ließen, die ihn an die Erde ketteten, meine Füße hoben ihn mit jedem Schritt kurz, die Knie zogen ihn hinunter, stemmten ihn und stießen ihn wie Federn wieder nach oben. Das Aufkommen ließ mich jedes Mal die Schwere spüren, immer wenn der vordere Fuß auf dem Boden landete, fingen die Knie das eigene Gewicht auf, ich krachte jedes Mal in den eigenen Körper zurück.

In der Ferne qualmte es aus einem Schornstein, einem dreiköpfigen Monster. Dreistrahlig stieß der graue Rauch nach oben, sammelte sich in der Mitte zu einer Schwade und geisterte verloren vor dem von Wolkenklumpen zubetonierten Himmel herum.

Der Rauch irrte in der Luft, aber das starre Behänge ließ ihn nicht mit sich verschmelzen. Keough blieb stehen, die Augen auf diese verzweifelte Suche nach Aufnahme gerichtet. Sie sah ausdruckslos in die Ferne, ich senkte meinen Kopf.

Es schmerzte leise in der Brust. Ich fühlte mich schuldig, fühlte mich plötzlich schuldig, fühlte mich am falschen Platz, im falschen Körper, fühlte mich im falschen Leben. *Er* hätte statt mir da stehen müssen. Sie war mit dem falschen Bruder unterwegs, während der Körper des anderen durch die Nasenlöcher dieses Monsters, in dessen Bauch wir noch gestern waren, ausgeraucht wurde. Ich fühlte ihren Schmerz, den meine Anwesenheit ihr nicht nahm, sondern den meine Gegenwart, mein Anblick viel schlimmer machten. Ich sank langsam in den Asphalt ein, sogar dieser unverwüstliche Straßenbelag hatte meiner Last nachgegeben, wie Treibsand schluckte er mich langsam, und ich verschwand in seinen Tiefen, ließ mich tilgen.

Ich streckte meine Hand aus, fuhr sie an ihre Schulter, aber, bevor ich sie berühren konnte, bevor ich ihr meine Hand aus Freundschaft, aus Anteilnahme auf ihre Schulter legen konnte, erwachte sie aus ihrer Entrückung, drehte sich um, ich ließ meine Hand fallen. Sie sah mich an, durchbohrte mich mit ihrem Blick, den sie selbst nicht lange aushielt, und wandte ihre Augen von mir ab.

Bald zerfiel der Asphalt in knirschenden Kies, der dann nach einer Weile in einen lehmigen Boden überging. Zwischen Acker und Himmel versperrte der Wal die Sicht auf den Horizont. Wir liefen einmal um den Bau herum, liefen einmal im Kreis, ich lief Keough hinterher, auch als sie die paar Stufen hinaufstieg. Während sie den Schlüssel hineinsteckte, lehnte ich mich rechts neben ihr an die Wand, die Schindeln bohrten sich in meine Schläfe. Ich hörte das Schloss knacken, Keough drückte die Klinke hinunter, diesmal erfolgreich.

Ich stellte mich hinter ihr an. Ihr Hinterkopf, das dunkelblonde Haar, schattete sich ein, als sie über die Türschwelle schritt. Die Sohlen bewegten sich unhörbar über den Boden, die Haut am Nacken fiel in ein Grau, das sich mit jedem Schritt, mit dem sie sich von mir entfernte, immer mehr verdunkelte, bis es die Farbe ihres Mantels annahm, und sie zu einem Schemen im Inneren des Raums wurde.

Ich wusste nicht, worauf ich wartete. Sie trat nicht hinaus, holte mich draußen nicht ab, eine Zeit lang passierte nichts. Meine Hand, mit der ich mich an der Wand stützte, rutschte von den Schindeln, die rauen Kanten scheuerten an den Fingerkuppen. Ich holte Luft und ließ mich von den Füßen in das Innere mitnehmen.

Die Augen gewöhnten sich schnell an diesen subtilen Dämmer, diese Lichtarmut. Kaum war ich drinnen, sah ich feine Lichtlinien entlang der Decke, ein filigranes Leuchtviereck, das sie einfasste. Die Decke, ein Betonquadrat in all seiner Schwere, *hing*, nirgendwo war auch nur ein einziger Träger zu erkennen. Alle Leuchtgeraden waren übergangslos miteinander verbunden, an keiner Stelle war der feine Schein unterbrochen. Die Decke schwebte über mir, während das Licht nur oben leicht die Wände hinunterglitt. Behutsam schlich sich die Morgendämmerung hinein, zurückhaltend der Wintermorgen.

Ich näherte mich der Wand gegenüber. Vorsichtig, mit sachten Schritten trat ich an sie heran. Etwas schien ungewohnt. Diese Wände schienen sich zu bewegen, unmerklich, fürs menschliche Auge unsichtbar. Sie schienen zu atmen. In Angst, eine noch so winzige, unbedeutende Veränderung zu verpassen, blinzelte ich nicht, wandte den Blick von der Wand nicht ab. Mich beschlich das Gefühl, dass der Raum sich plötzlich als ein Organismus entpuppte, zu einem Leben erwachte, und ich befände mich in seinem Bauch. Ich streckte den Arm aus, zögerlich trat ich an die Wand, tastete mich mit den Kuppen vor, sie fuhren zurück, sobald ich den Beton berührte. Ich fuhr die Finger wieder nach vorne und strich leicht darüber. Weich wie Haut, hart wie Knochen. Ich fuhr über die glatte Oberfläche, kam näher, lehnte mein Gesicht dagegen und hielt den Atem an.

Asche, der Beton fühlte sich an wie Asche. Asche, die keine Spuren auf der Haut hinterließ, Asche, die nicht angraute, die nicht anstaubte, weiche, zarte Asche. Ich drehte die Handfläche zu mir, kein Hauch ihrer pulverigen Substanz.

Keough stand mit gebeugtem Kopf inmitten des Vierecks, die Augen in dunklen Schatten aufgelöst, die Zornesfalte bettete die Schwärze zwischen ihren Brauen, das Haar, das sie immer nach hinten strich, fiel ihr in einem Schopf auf die Seite.

»Keough«, flüsterte ich, »wie kann das sein?«

Sie rührte sich nicht.

»Keough … die Wände … der Raum hier … er ist ein Quadrat … die Fassade ist rund … aber … Der Wal ist ein Kreis außen, und innen ist er ein Quadrat, Keough, wie kann das sein?«

Wie versteinert stand sie da. Als wäre ihr das Blut gestockt, als wäre es in ihren Adern eingekalkt, hier, in diesem Betonkubus. Der Puls hatte sich dieser toten Stille ergeben, die Zeit war erschlagen, nichts regte sich in diesem Raum. Ich fragte mich, ob sie meine Stimme vernahm, ob ich überhaupt diese Worte an sie gerichtet, sie geformt, sie in die Luft entlassen hatte. Ich sagte nochmal ihren Namen, flüsterte ihn mit einem Fragezeichen dahinter, aber die Stimme versagte mir. Die Stimmbänder hatten dem Sprechimpuls nicht nachgegeben, gehorchten nicht, sie hingen schwer und schlaff in meinen Rumpf hinein.

Draußen brach allmählich der Tag den verhangenen Himmel durch. Die Sonne blendete sich durch die Wolken, die Leuchtlinien im Raum wurden breiter, sogen sich mit ihrem weißen Schein voll wie dick werdende Blutgefäße. Das Licht erhellte die Wände, glitt sie weiter hinunter, die Schatten um Keoughs Augen schrumpften zwar leicht, aber besetzten immer noch die Höhlen.

»Keough«, ich löste mich von der Wand, ging auf sie zu und berührte sie an der Schulter. Ihr Kopf fuhr mechanisch hoch, die Schatten fielen von ihrem Gesicht, sie richtete ihren Blick auf mich.

»Ich frage mich …«, sie holte Luft, aber der Atem stockte, ihr Gesicht erstarrte ganz plötzlich.

Ich wiederholte ihren Namen, berührte sie am Oberarm.

»Ich frage mich … was unter uns ist.« Sie sah sich vor die Füße, ich starrte sie ratlos an. »Unter uns. Dieser Leerraum zwischen dem Boden hier und dem Acker. Diese fünf Stufen, wozu sind sie überhaupt da?«

Sie stampfte dreimal leise gegen den Beton.

»Was meinst du damit?«

»Da ist was, unter dieser Schicht, ich hab das Gefühl, wir könnten jeden Moment einbrechen. Wohin würden wir dann einbrechen, bevor wir auf dem Lehm landen, Aezra? Ist da einfach Leere?«

Ich sah sie immer noch fragend an:

»Unter uns? Ich verstehe nicht … Das ist das, was du dich fragst?«

»Du fragst dich das nicht?«, ihren Ton durchfuhr ein leiser Ärger.

»Wir können bestimmt nachsehen, wenn du willst«, sagte ich versöhnlich. »Es ist doch bestimmt möglich.«

Sie schüttelte den Kopf.

»Es gibt nur diese eine Tür«, Keough sah zum Eingang, »keine andere Öffnung. Ich bin tausendmal drum herum gelaufen, als er sich hier eingesperrt hat. Da ist nichts. Man müsste die Fassade durchbohren, man müsste in den Boden hier drillen, um das rauszufinden. Man müsste den Wal beschädigen, das eine oder andere kaputtmachen, um zu erfahren, wie es darunter aussieht.«

Sie sah nach oben. Sobald ihr Blick eine der Lichtöffnungen passierte, blendete es sie, sie kniff kurz ihre Augen zusammen und richtete sie auf die Deckenmitte.

»Und dieses Dach«, sie schüttelte ungläubig den Kopf, »Saul musste wissen, was das Dach da über uns hält. Das kann doch nicht einfach über unseren Köpfen schweben, diese Betonplatte.«

Sie stampfte wieder auf den Boden und horchte. Außer ihren Tritten war nichts zu hören. Ich musterte lange, wie ihr Blick von der Decke zum Boden und zurück wanderte, dann sagte ich:

»In keinem der Artikel, die ich gelesen habe, wurde das Innere des Wals auch nur einmal erwähnt. Warum wurde das nie erwähnt?« Sie heftete ihren Blick endlich auf mich, wir sahen uns an. »Es gibt so wenige Informationen zu diesem Gebäude, es wird einfach totgeschwiegen. Nur banale Fakten zur Geschichte um die Besitzer herum lassen sich finden, aber nichts Inhaltliches, ich kann es nicht glauben. Keine Baupläne, keine Beschreibungen des Innenraums, das ist unbegreiflich.«

»Ob Saul das wohl wusste?«, ihre Augen sprangen wieder nach oben, »ob er wusste, was unter uns ist, was die Decke hält? Oder ob er sich damit einfach abgefunden hat, es niemals zu erfahren?«

Ich nickte, aber bekam sofort das Gefühl, dass meine Reaktion völlig fehl am Platz war. Keough hatte sie nicht beachtet.

Das Licht drang immer weiter in den Raum hinein, glitt immer weiter die Wände hinunter. In den Ecken konzentriert, blendete die Sonne die harten Winkel weiß, löschte die Schnittpunkte des Raums aus.

»Warum hat er das alles gemacht?«, sagte sie nach langem Schweigen und sah mich an. »Warum hat er den Wal entkleidet, warum hat er ihn zu seinem Ursprungszustand zurückgebracht?«

Ich blickte zu ihr.

»Er hielt es wohl für richtig«, und fügte hinzu: »Vielleicht war es seine letzte Arbeit. Als Künstler, weißt du.«

Sie schüttelte den Kopf.

»Nein. Nein. Er war kein Künstler. Du hast selbst gesagt, er hat aufgehört, Künstler zu sein.«

Meine Augen wanderten zu der Wand, an der ich eben noch stand und lauschte.

»Kann man damit einfach aufhören?«

Sie rollte mit den Augen.

»Wenn er kein Künstler sein wollte, musst du ihm den Wunsch schon lassen.«

»Man kann doch nicht einfach aufhören, Künstler zu sein. Plötzlich Dinge anders sehen, die Wahrnehmung ablegen, von einem Tag auf den anderen quasi ein anderes Augenpaar im Kopf haben. Das ändert sich doch nicht einfach so, weil man das entschieden hat.«

Sie schüttelte ungläubig den Kopf:

»Du bist so naiv. Er wollte kein Künstler mehr sein. Er hat nicht mehr als Künstler gearbeitet, hat keine Arbeiten gemacht, er hat bewusst damit aufgehört, also war er keiner mehr.«

»So einfach ist das?«

Sie wiederholte meine Frage als Feststellung und sah mich entschieden an.

»Aber der Wal, Keough. Vielleicht war er seine letzte Arbeit, vielleicht konnte er das eben doch nicht lassen.«

»Er hat nur an dem Gebäude gearbeitet, er hat die Absicht einer anderen Person rückgängig gemacht, hat den Wal zur

Originalidee zurückgeführt. Einer Idee, die nicht seine war. Der Wal, wie er ist, ist nicht Sauls Autorschaft. Er hat ihn bloß wiederhergestellt. Es ging ihm nur um den Bau dabei, und zwar nicht als Künstler, der er nicht mehr war! Warum sollte er seine Meinung plötzlich ändern? Warum soll er plötzlich wieder ein anderer werden, zum Alten zurückkehren, wenn er damit so entschieden aufgehört hat – am Gipfel seines Tuns?«

»Weil er den Wal entdeckt hat.«

»Wann hat er aufgehört? Hat er den Wal schon entdeckt, als er sich dazu entschieden hat aufzuhören?«

Ich senkte meinen Blick.

»Hat er den Wal gekauft, als er noch ein Künstler war?«

Ich sah wieder zu ihr und nickte.

»Da hast du deine Antwort. Der Wal ist nicht seine Arbeit, er war kein Künstler mehr.«

»Aber … bloße Autorschaft zeichnet doch keinen Künstler aus. Es gibt doch alles Mögliche. Verweigerungskunst, wo man aufhört und das auch Teil der Arbeit ist … Es gibt einen Künstler, der seine Tätigkeit eingestellt hat, und es wird seitdem als Langzeitperformance deklariert …«

»Was ist denn nur los mit dir? Vielleicht ist es auch nicht so scheißkompliziert! Warum lässt du ihn nicht sein? Weil er dann jemand war, den du plötzlich nicht mehr gekannt hast?«

Sie brachte mich mit einem einzigen Blick zum Schweigen. Sie kochte vor Wut, aber kämpfte damit. Die Fäuste zusammengeballt, sah sie mich an:

»Lass ihm das, was er sein wollte. Lass mir den, der er war.«

Wir sahen uns eine Weile schweigend an. Allmählich verschwand die Wut aus ihrem Gesicht, sie sah zur Tür.

»Ich bin fertig hier. Gehen wir.« Sie passierte mich und steuerte den Ausgang an.

Ich wandte mich um, war gerade dabei, ihr zu folgen, als ich zusammenfuhr. Ein kalter Schauder lief mir über den Rücken.

Keough blieb stehen und drehte sich nach mir um.

»Was ist?«

Ich stand wie angewurzelt da. Mit aufgerissenen Augen starrte ich sie an.

»Kommst du oder was ist mit dir?«

Sie hatte es nicht gehört, hatte es offensichtlich nicht gehört, dieses durch die Leere hallende Geräusch, ein Stöhnen, das für einen Moment die Stille durchschnitt.

Von hinten wallte es auf, von unten, aus dem Grund tief unter uns, ein Stöhnen, von unserer Sprache völlig ausgeklammert, mit keinem Vokal, keinem Zeichen festhaltbar, es fuhr in die Höhe, hallte hinauf. Ein Ruf, ohne zu adressieren, leidlos, unmenschlich. Noch nie hatte ich einen solchen Laut gehört, ich hätte es nicht einmal als eine Stimme bezeichnen können, zu fremd war es, zu fernab von dem, was ein menschlicher Körper mit seinen Stimmbändern je hätte erzeugen können. Eine Ruhe, eine Langsamkeit lag in diesem Stöhnen. Gemächlich und gezogen die Bewegung der Melodie. Mit allen meinen erlernten Wörtern, mit meinem eingeübten Vokabular hätte ich dieses Stöhnen nie fassen können. Ich hörte es, ich spürte es noch mehr, es drang in meine Ohren, drang in meinen Körper. Wie ausgehöhlt, organleer stand ich da, das Geräusch hallte in meinem Rumpf. Noch nie war ein Schall körperlicher für mich gewesen als in diesem Moment. Wellenartig durchfuhr es mich, tauchte unter, wallte über mich, wurde leiser, als würde er sich entfernen, schallte nach, und ging von vorne los.

Keough stand da und blickte mich an. Ich sah, wie ihre

Lippen meinen Namen formten, aber meine Ohren waren belegt, die Außenwelt gedämpft, kein Laut drang zu mir durch. Die Schallgesetze wie aufgehoben, ich war kilometerweit wie unter Wasser, begraben unter ihrem tonnenschweren Schweigen. Keoughs Lippen in ständiger Bewegung, in Wiederholung meines Namens, kam sie näher, trat an mich, ich sah, wie sie mit ihrer Hand meinen Oberarm berührte, aber ich spürte nichts. Ich sah, wie sie an mir rüttelte, aber mein Körper blieb reglos. Nichts an mir regte sich, nur Leere darin, ein Raum für Schall, ein Raum nur für diesen einen geisternden Ton, der mich immer noch durchfuhr.

»Aezra!«

Wie aufgetaucht schnappte ich nach Luft. Der Körper erwachte, als ihm der Atem ausgegangen war.

»Was ist mit dir?«

Ich keuchte und versuchte, mich in den Normalzustand zurückzuatmen, sie legte ihre Hand auf meinen Rücken und beugte sich zu mir vor.

Als ich ihrem entgeisterten Blick mit meinem begegnete, atmete ich mit einem Mal aus, beruhigte mich und schüttelte den Kopf.

»Es ist nichts. Alles gut.«

Ihre Hand rutschte von meinem Rücken.

»Hast du einen Geist gesehen? Sieh dich an!«

Ich blickte ihr ins Gesicht und konnte nur erraten, wie ich ausgesehen haben musste.

»Es ist nichts, ich dachte nur, etwas gehört zu haben …«

Die Ränder des Vierecks über uns leuchteten sich immer breiter, leuchteten die lose, schwebende Decke kleiner, der Beton löste sich immer mehr im Licht auf. Die Schatten um Keoughs Augen verschwanden fast.

»Was hast du gehört?«, fragte sie.

Ich schüttelte den Kopf.

»Ich weiß auch nicht, ich glaube, das ist der Schlafmangel.« Ich versuchte zu lächeln, legte ihr besänftigend die Hand auf die Schulter, aber sie sah mich ungläubig an.

Ich ließ die Hand fallen, blickte zum Ausgang und schritt zur Tür. Kurz vor der Schwelle drehte ich mich um. Die Wände klammerten schweigend unser Geheimnis ein.

Keough stand immer noch mitten im Raum und beobachtete mich ratlos.

»Hast du deine Antwort bekommen?«, fragte sie endlich.

»Die Antwort worauf?«

»Warum Saul das alles getan hat.«

Ich hielt inne. »Hast du?«

Ohne mir zu antworten, lief sie los, lief an mir vorbei, über die Schwelle hinaus, ich hörte, wie sie die fünf Stufen hinabstieg und vor dem Aufgang stehen blieb. Ich trat ebenfalls nach draußen, zog die Tür hinter mir zu, sie fiel ins Schloss.

Keough blickte zu mir hinauf. »Hier«, sagte sie und warf mir den Schlüssel zu, »sperr ab. Ist jetzt deiner.«

6.

Ich drehte den Schlüssel in der Hand.

Ein ovaler Ring auf einem langen Stiel, unregelmäßige Einschnitte am Bart, wie kleine Wurzelstummel, die in eine Seite schlugen. Schwarzes Metall mit grauem Stich lag kühl auf meiner Handfläche. Ich musterte ihn so lange, bis er wie ein Fremdkörper erschien. Etwas Lebendiges strahlte er aus. Je länger man ihn anstarrte, desto mehr entfremdete er sich von seinem Zweck, lag auf meiner Hand, als sei er ein unbekanntes, unerforschtes Objekt, ein Lebewesen, das jeden Moment erwachen würde.

Ich legte ihn zurück auf den Nachttisch neben meinem Bett und starrte noch lange darauf, wartete, als ob damit jeden Moment noch etwas passieren könnte, bis der Schlaf mich endlich übermannt hatte. Erst das späte Morgenlicht weckte mich auf.

Ich musste die Lampe angelassen haben. Unbemerkt brannte sie neben mir, ihr künstliches Licht leuchtete vergeblich gegen den angebrochenen Tag an, ich schaltete sie aus. Der Schlüssel lag unverändert auf dem Nachttisch daneben. Das Geheimleben hatte entweder nicht stattgefunden, oder ich war es, der es verschlafen hatte.

Zwei Wochen war es nun her, dass Keough ihn mir ausgehändigt hatte. Der Kies knirschte unter unseren Füßen, als wir uns immer weiter vom Wal entfernten, wir liefen schweigend nebeneinander, bis wir den Bahnhof erreichten, sie setzte mich in den Zug, und nicht einmal dann verlor sie ein Wort.

Ich spürte ihre Wut, sie war aufgebracht, ich hörte es in ihren Schritten, hörte es in ihrem Schweigen. Sie ahnte, dass ich ihr etwas Wichtiges unterschlug, etwas Wesentliches, was ihr verschlossen blieb. Sie kannte mich kaum, sie konnte von mir nicht einfordern, dass ich ihr sagte, was im Wal tatsächlich passiert war, was ich darin gehört hatte. Sie musste wütend darüber sein. Darüber, dass ich ihr das alles verschwiegen hatte, dass ich entschieden hatte, ihr dieses Wissen willentlich vorzuenthalten. Und sie empfand es sicher als ungeheuer ungerecht, dass sich *mir* etwas offenbart hatte und nicht ihr, obwohl sie diejenige war, die um Saul gekämpft hatte. Sie war es, die sich darum bemüht hatte, dass er sie in den Wal lässt. Sie wollte ihn verstehen, wollte seine Besessenheit begreifen, wollte endlich die Antwort haben, warum er sie für den Wal zurückgewiesen, warum er diesen Bau allem vorgezogen hatte. Und von uns beiden hatte dieses Gebäude ausgerechnet mich dazu auserwählt, der Antwort auf diese Frage näher zu kommen.

Keough setzte mich in den Zug, ich stieg ein, aber als ich aus dem Fenster hinausschaute, war sie nicht mehr am Gleis. Kein Mensch weit und breit, nur ein leeres Betonkonstrukt. Der Zug fuhr ab.

Ich machte mir einen Kaffee und sah aus dem Fenster meiner Wohnung. Die lange Allee vor mir kahl, der Asphalt laublos, setzte sie sich geradeaus fort, bis sie irgendwo in der Ferne auf die Hauptstraße stieß und von ihr abrupt gekappt wurde.

Oben, in der Wohnung über mir, polterte es wieder. Ich hörte Fersen auf den Boden eindreschen, kleine, runde Fußköpfe, die sich mit einer solchen Kraft, einer solchen Energie von einem Ende des Zimmers zum anderen bewegten, dass die glatte Oberfläche meines Kaffees in zittrige Ringe zerfuhr. Ich spürte, wie diese Prasselschritte in meinem Kopf nachhämmerten. Die Wände schütterte es leicht, vielleicht vibrierte sogar der Boden unter mir. Jede Bewegung wurde von meinem Körper aufgenommen, ging durch ihn wie einen Leiter.

Ich hörte einen kurzen Krach, das Poltern verstummte. Im Treppenhaus prallten die Schritte gegen die marmornen Stufen, hallten von den leeren Wänden ab, schwangen sich um das Geländer, wurden immer lauter, sie passierten meine Tür, entfernten sich, ich hörte die Eingangstür aufgehen, sie fiel ins Schloss, es wurde still.

Noch nie hatte ich auch nur einen Menschen in diesem Haus zu Gesicht bekommen. Das Leben hier fand unsichtbar statt, aber hörbar, ich hatte es immer nur anhand der Geräusche nachgebildet, nachempfunden, nachvollzogen. Immer war die Vorstellungskraft gefragt. Ich hatte alles mit den wenigen gegebenen Bausteinen selbst dazu erfunden, das Gesamtbild in meinem Kopf vervollständigt. Im Gegensatz zu meiner Nachbarschaft bemühte ich mich stets darum, so leise aufzutreten, dass sich niemand durch mich gestört fühlte. Ich besaß keinen Staubsauger, keine elektrischen Küchengeräte, spielte niemals Musik. Meine Wohnung musste den anderen wie eine leer stehende vorkommen. Ich sträubte mich dagegen, mich mit meinen Geräuschen anderen aufzudrängen, sie mit meinen Lebenszeichen aus ihrer Welt zu reißen, in ihre Welt einzudringen, sie zu unterbrechen und für einen kurzen Moment zugunsten meiner nichtig zu machen.

Ich saß auf meinem Bett, in dieser vollkommenen Stille. Nur die Bewegung meines Brustkorbs versicherte mit jedem Atemzug, dass die Zeit nicht stehen geblieben war und das Leben sich fortsetzte.

Ich erinnerte mich, wie ich das erste Mal diese Wohnung betreten hatte. Diese blaugrünen Wände hatte ich nie neu gestrichen. Ich wohnte, als wollte ich jederzeit wieder gehen. Bücherkartons stapelten sich seit Jahren in der Ecke. Ich hatte vor, mir ein Regal zu holen, vielleicht selbst eins zu bauen, aber es blieb immer nur bei einem Plan. An der Wand neben dem Fenster hing eine Zeichnung von Saul, die er zu Beginn seiner künstlerischen Existenz angefertigt hatte, mit sechzehn oder siebzehn, die Arbeit, mit der er als Hochbegabter in die Kunstakademie aufgenommen worden war. Ein etwas abstrahiertes leeres Holzboot, das im Ozean trieb. Ich hatte immer das Gefühl, es wurde soeben von seinem einzigen Passagier verlassen, womit ihm der einzige Zweck abhandenkam, entrissen wurde, mit einem einzigen Sprung in dieses schwarze, ruhige Gewässer.

In der kompletten Wohnung hatte ich keinen einzigen Spiegel aufgehängt. Im Bad hatte ich einen kleinen zum Aufklappen, den ich zum Rasieren benutzte, aber nie wäre ich auf den Gedanken gekommen, mir einen an die Wand zu nageln. Ich hatte das nicht gelernt, mich in einem Spiegel anzuschauen, das war in meiner Heimstatt nicht üblich. Als ich ein Kind war, brachte man immer den Witz, ich könne doch einfach meinen Bruder ansehen, dann wisse ich Bescheid. Ich hatte das nie verstanden. Saul war ein Andersartiger für mich. Er hatte seinen eigenen Körper, seine eigenen Bewegungen, sein eigenes Dasein, das von meinem abgekoppelt war. Ich kannte sein Aussehen, seine Gestik besser als meine eigene. Jeder fremde Kommentar über unser identisches Aussehen brachte mich aus dem Konzept. Ich hatte ihn nie als Teil von mir gedacht und mich nicht als einen Teil von ihm. Man verwechselte uns ständig. Seltsamerweise entschieden sich alle gemeinschaftlich dafür, es dann zuerst mit Sauls Namen zu versuchen, wenn sie einen von uns anredeten, natürlich ohne sich abgesprochen zu haben. Niemand rief ihn auch nur einmal mit meinem Namen, wenn man uns nicht auseinanderhalten konnte. Sobald sich ihm die Möglichkeit bot, das Haus, in dem wir aufwuchsen, für die Akademie zu verlassen, ergriff er sie, zog in eine andere Stadt, und ich durfte endlich Aezra sein.

Wie jetzt.

Nur diesmal für immer.

7.

In der Wohnung über mir war es immer noch still. Draußen hatte der Abend, der zu früh angebrochen war, alle Menschen von der Straße vergrault. Vielleicht war es auch die Kälte, der seit Wochen anhaltende strenge Frost.

Den ganzen Tag saß ich am Schreibtisch und arbeitete. Erst als meine Finger die Stirn berührten, um sie zu kneten, als würden sie damit die Müdigkeit vertreiben, brachte es mich in den Alltag zurück. Fünf kalte Tupfen auf meiner Haut, die mich wieder in den Körper ließen.

Ich hatte sogar vergessen, das Licht anzumachen, so vertieft war ich in das neue Projekt. Das Licht des Bildschirms hatte jegliche natürliche Farbe aus meinen Händen getilgt. Ich klappte ihn zu und schmetterte mich damit selbst in die Finsternis.

Ich tappte durch das Zimmer, bis die Augen sich an die Dunkelheit gewöhnt hatten. Das Laternenlicht umriss die wenigen Möbel, machte sie zu simpelsten geometrischen Körpern. Es stapelten sich Würfel, standen, lagen Klötze. Fast jeder Gegenstand in meiner Wohnung hatte acht Ecken, erst die Nacht hatte es sichtbar gemacht.

Ich erreichte den Körper, der sich bei Licht als Tisch enthüllte, blieb stehen – es war wieder da.

Ich spürte es eindeutig. Etwas war im Raum, verbarg sich in der Dunkelheit. Etwas Formloses, das sich in diese Schwärze aufgelöst, sich in sie eingefügt hatte. Ich spürte es hinter mir, spürte es an mir, es atmete mir in den Nacken. Ich hörte es nicht, ich strengte mich an, aber ich hörte es nicht. Ich spürte es, spürte diese bedrängende Nähe von hinten. Ich spürte keine Wärme, keinen Körper, ich spürte bloß diese Nähe, Zentimeter trennten uns. Ich spürte eine Anwesenheit, spürte die Gegenwart eines Jemand. Wie angewurzelt stand ich da und konnte mich nicht rühren. An der linken Schulter dann, an der Haut, noch bevor der Kragen des T-Shirts begann, ein leichter Druck, ein Hauch von Berührung. Langsam drehte ich meinen Kopf, so langsam, dass man es kaum merkte. Aus dem Augenwinkel sah ich nichts, ich sah niemanden hinter mir, ich drehte meinen Oberkörper, immer weiter, drehte ihn, bis ich mich komplett umgewandt hatte – aber da war nichts. Blanke Dunkelheit starrte mich an. Ich sah die Wände, das Blaugrün war ins Schwarz abgefallen, wie ein Vorhang war es einfach abgerissen, in dieses tiefe, körperlose Schwarz.

Ich stand allein in diesem Zimmer, aber spürte, spürte die Anwesenheit eines anderen, unverkennbar. Ich spürte einen fremden Willen, spürte ein Verlangen nach Anerkennung, den Wunsch, bemerkt zu werden, spürte, wie man nach meiner Aufmerksamkeit trachtete, es schrie mir regelrecht ins Gesicht. Ich spürte den Nachdruck, die Dringlichkeit, dass es passierte, es ging in ein Bitten über, ein Beharren, bald ein unerträgliches Betteln, ein nicht versprachlichtes Anflehen, das an mir zehrte, ein Schrei ohne Körper. Lautlos durchspießte er mich, jagte sich in Schallwellen durch meine Knochen, lähmte mich, ich konnte mich nicht bewegen. Es schrie stumm in meinen Organen, schrie in meinen Adern, schrill und bestialisch, aber ohne Ton. Es breitete sich auf meine Glieder aus, überfiel mich, durchwühlte mein Inneres, ich spürte es in jedem Muskel. Jede Zelle mutierte in diesem Schrei, der Körper eine Stätte fremden Schmerzes, er war nicht meiner, im Schrei gehörte er einem anderen, dem Anwesenden, aber nicht mehr mir.

Ich stand inmitten des Raums, im Schock erstarrt. Es war nicht das erste Mal, dass ich die Gegenwart eines anderen in dieser Wohnung verspürt hatte, es war nicht das erste Mal, dass diese unsichtbare Gesellschaft mich aufgesucht hatte, aber noch nie war sie so aufdringlich, so lähmend wie jetzt.

Augenblicklich wusste ich, was zu tun war. Es überkam mich, und der Rest passierte von selbst. Ich sammelte meine ganze Kraft und steckte alles in den nächsten Schritt. Ich sprang zum Bett, schoss, ohne mich umzudrehen, zum Nachttisch, griff nach dem Schlüssel, schnappte nach der Reisetasche, stopfte alles Nötige, alles, was mir unter die Finger kam, hinein, schlüpfte in meinen Mantel, in die Stiefel und, ohne sie zuzubinden, stürmte ich aus der Wohnung.

Tag 1

Der Körper ist noch ins Laken eingeprägt, als wäre jemand gerade erst aus dem Bett gestiegen. Die Matratze auf der linken Hälfte leicht eingebuchtet, der weiße Bezug zerknittert, aber nur an einer Stelle, so ziemlich in der Mitte. Keough muss sich in die Mulde, die Saul hinterlassen hat, eingefügt haben. Sie muss sich den ganzen Schlaf über nicht ausgebreitet, muss eine Position eingenommen und darin die Nacht verbracht haben. Sie hat ja gesagt, sie habe ihn so daliegend entdeckt. Reglos muss sie geschlafen haben, um seine Spuren mit ihren nicht auszuweiten, sie dadurch zu ersetzen, sie kaputtzuliegen.

Ich will mich hinlegen, ich habe die ganze Nacht am Bahnhof auf den ersten Zug hierher gewartet, aber etwas in mir wehrt sich dagegen.

Ich frage mich, was ich hier überhaupt mache –

Was mache ich hier?

– aber mein Kopf gibt mir keine Antwort darauf. Es ist einfach so passiert.

Die Reisetasche fällt auf den Boden, rutscht mir einfach aus der Hand und macht ein dumpfes Geräusch. Als wäre mir gerade ein Körperteil abgefallen. Ich sehe hinunter, beuge mich hinunter, der Reißverschluss ratscht. Papier quillt aus dem Inneren heraus. Ich nehme die Blätter sorgfältig heraus, sodass mir ja keine Seite herausfällt, sodass die Reihenfolge beibehalten bleibt, zerteile den Stapel in einzelne Unterlagen, einzelne Arbeiten, trenne das Fiktive vom Nichtfiktiven und lege alles nebeneinander auf die Anrichte neben die Box mit Sauls Kleidung. An Kleidung habe ich nicht gedacht, als ich meine Tasche in Eile gepackt habe. Das ist absurd, wie konnte ich nur nicht daran gedacht haben. Ich dachte an alle Manuskripte, dachte daran, meine Arbeit mitzunehmen, den Laptop, dachte an den Schlüssel zum Wal, aber nicht an so was Elementares.

Diese Wohnung hat keinen Schreibtisch. Ich überlege, wie ich hier arbeiten soll. Mir fällt der Drahtsessel auf der Terrasse ein, den ich hineintragen könnte, aber es ist so kalt im Haus, dass es schwierig wird mit dem Sitzen. In der Speisekammer gibt es einen elektrischen Heizkörper, aber der Strom wurde abgestellt. Ich müsste mich darum kümmern, aber ich weiß nicht, wie lange ich hier bleibe und ob sich die Mühe lohnt. Mir bleibt es nur abzuwarten.

Ich schleife den Drahtsessel dennoch in die Wohnung, trockne ihn mit einem Küchentuch ab und setze mich darauf. Die weißen Drähte quietschen nicht, sie gellen, als würde man sie foltern. So schrill, dass ich sogar vor Schreck kurz aufspringe, weil sich eine Art Mitgefühl in mir meldet. Ich sehe dann zurück zum Sessel, begreife, dass es sich dabei weder um ein Lebewesen handelt noch um eine Qual, die ich jemandem antue, und setze mich wieder hin. Es kreischt unter mir, ich krümme mich automatisch zusammen, aber weiß diesmal, dass ich das Geräusch einfach aushalten muss.

Zwei Stunden, länger kann ich nicht tippen. Die Finger versteifen mir immer mehr zu Krallen, da fließt kaum noch Blut durch. Ich habe versucht, es mit zusammengeballten Fäusten zum Zirkulieren zu bringen, aber jetzt hilft auch das nicht mehr.

Es knurrt, ich sehe nach draußen durch das kleine Fenster

zur Terrasse – es ist schon dunkel geworden. Der kürzeste Tag des Jahres nähert sich. Noch ein paar Wochen, ein Monat und es ist so weit. Das einzige Licht in diesem Raum wird von meinem Bildschirm abgestrahlt. Kaltes, blaues Licht auf meinen Händen, in kaltblaue Haut gehüllt, sie haben aufgehört, sich über die Tastatur zu bewegen. Die Finger zu Klauen gespreizt, wie in Kalkstein geschlagene Spinnenbeine.

Plötzlich werde ich in komplette Dunkelheit geschmettert. Nur der Himmel ist als kleines, dunkelgraues Viereck in der Ecke zu sehen. Der Akku des Laptops ist leer. Ich klappe ihn zusammen, sitze im Sessel und warte, bis die Augen sich an die Dunkelheit gewöhnt haben. Langsam zeichnen sich die Umrisse der Möbel ab, langsam zerlegt sich die Wohnung in alle möglichen Schattierungen von Dunkelgrau bis Schwarz, feine Nuancen, aber zumindest lässt sich hier irgendwas erkennen, nicht wie letztes Mal.

Das Knurren kommt aus meinem Körper, es ist mein Magen, ich habe seit gestern nichts gegessen. Ich erinnere mich an diese eine Wirtschaft unten im Kessel der Ortschaft, die ich zusammen mit Keough passiert habe, ich weiß, ich kann damit zwei Fliegen mit einer Klappe schlagen, den Hunger und das tote Gerät, das ich dort aufladen kann, also erhebe ich mich aus dem Sessel, die weißen Drähte können sich wieder entspannen. Ich lege den Laptop in die Tasche zurück und verlasse Sauls Wohnung.

Das Weiß der Häuser ist von der Dunkelheit eingenommen worden. Gräulich schimmern sie aus dem üblichen Schwarz hervor, in das die Ortschaft getaucht ist. Nur die Laternen werfen schwache, goldbraune Lichtkreise auf den feuchten Asphalt, aber die Farbe gilt nur dem leeren Boden. Dieses

Rampenlicht ist völlige Verschwendung, die Straßen sind wie ausgestorben.

Vor der Wirtschaft ist endlich Leben zu hören, dumpfes Raunen. Ich stoße die Tür auf, die nicht sofort aus dem Rahmen kommen will, mir schlägt abgestandene, warme Luft entgegen. Die Geräusche brechen abrupt ab, als ich über die Schwelle trete. Dutzende Köpfe erstarren, sobald ihre Augen sich auf mich richten, die dazugehörigen Münder verstummen mit einem Mal. Ich setze einen Schritt nach vorne, die Pupillen folgen mir aus diesen versteiften Gesichtern. Ich trete an den Tresen, sie gehen mir nach. Ich nicke ihnen zu, zur Begrüßung oder einfach um zu überprüfen, ob ich sie mit einer einfachen Geste wieder aus ihrem Stillstand befördere, aber es bleibt bei dieser Zeitstarre. Ich habe der Wirtschaft mit meiner plötzlichen Gegenwart die Sprache genommen, habe das Leben drinnen lahmgelegt, hier bewegt sich nichts. Ich blicke dem Wirt ins Gesicht, er mustert mich. Ich frage:

»Gibt's hier noch was zu essen?«, und merke, dass ich meine eigene Stimme seit Tagen, vielleicht Wochen zum ersten Mal höre. Ich habe sie für diesen Satz, der mein Überleben sichern soll, wieder in Gebrauch genommen, aber statt mir darauf eine Antwort zu geben, entgegnet der Wirt bloß:

»Was soll das denn?« Die Augenringe hängen ihm wie Lappen im Gesicht.

Mir leuchtet endlich die Verwirrung ein.

»Ich bin nicht er«, sage ich endlich, der Wirt schaut schief.

»Das ist ein Scherz, oder?«

Ich schüttele den Kopf.

»Ist das ein Scherz«, fragt er nochmal.

Ich schüttele wieder den Kopf: »Ich bin sein Bruder.«

Er presst die Zähne zusammen, sie knirschen, er starrt mich an.

»Wenn ich rausfinde, dass es ein Scherz ist, gnade dir …«

Eines von den versteinerten Gesichtern steht auf und attestiert:

»Der war auch auf der Beerdigung dabei. Stimmt schon, was er sagt. Ich war da«, und schaut zu mir: »Da habt ihr euch einen Scheiß geleistet.«

»Warum weiß *ich* nichts davon?«, mault ihn der Wirt an. »Sonst erzählt ihr mir jeden Mist.«

Der Eine zuckt mit den Schultern: »Spricht wohl keiner drüber.«

Dann meldet sich ein Anderer zu Wort: »Dachten zuerst, ist ein Geist, und keiner will ja an Geister glauben. Man hält einen doch gleich für bescheuert, wenn man so was von sich gibt. Wir haben doch auch untereinander nicht darüber geredet.«

Der Erste ergänzt: »Der vom Wal, der war doch unheimlich. Über den zu reden, als er noch gelebt hat, war schon unangenehm. Der war selbst wie ein Geist, wir haben den irgendwie in Kauf genommen, aber doch vollkommen übergangen, das war ja so ein unausgesprochenes Einverständnis.« Sein Blick wandert zu den anderen Gästen, sie nicken.

Der Wirt schaut beide ungläubig an und schüttelt den Kopf. Darauf der Erste: »Dass dann auf seiner Beerdigung plötzlich einer erscheint, der sein Gespenst sein könnte, macht Leuten Angst. Da will keiner drüber sprechen. Leute denken, ist ein schlechtes Omen.«

Und der Zweite fügt hinzu: »Leute wollen's vergessen.«

»Die Eine vom Tal kennt ihn aber.«

»Die hat gelacht auf der Beerdigung, als sie den da gesehen hat. Wir dachten, sie hat den Verstand komplett verloren.«

Der Wirt richtet seinen Blick auf mich.

»Sie weiß also von dir.«

Ich nicke.

Er wirft sich das Handtuch über die Schulter, so ein Klischee, denke ich mir in diesem Moment, und er fängt an, mir die Speisen auf der Karte aufzuzählen.

Tag 2

Ich hoffe, sie sucht mich auf. Ich habe mich jetzt sichtbar gemacht. Niemand konnte mir erklären, wo ich Keough finde, aber die in der Wirtschaft wissen jetzt Bescheid, dass ich wieder da bin. Sie wird davon Wind kriegen, jetzt wo ich nicht mehr bloß Sauls Geist bin und man mich nicht mehr verdrängen muss.

Ich habe geschlafen wie erschlagen. Als ich aufgewacht bin, lag ich neben der Mulde, die Saul oder Keough oder beide hinterlassen haben, aber entfernt genug, sodass ich mich nicht auch noch einpräge, in ihre Spuren eindringe, die Überbleibsel ihrer Schwere. Völlig gerädert steige ich aus dem Bett, die Kälte schockt von unten, ich gehe zum Waschbecken, gieße mir ein Glas Wasser ein und bekomme ein ungefähres Bild der eigenen Anatomie, bis die eisige Flüssigkeit endlich in meinem Magen landet.

Ich ziehe mich an, schlüpfe in die Schuhe, in den Wintermantel und gehe hinaus. Beim Zauntor biege ich nach rechts ab, gehe die Steigung hinauf, folge dem Pfad, der mich nach einiger Zeit über einen Kamm führt. Ich versuche geradeaus zu schauen, um besser das Gleichgewicht zu halten, nicht nach unten, obwohl der Abgrund für den Kopf immer verlockend ist. Ich erreiche eine Wiese, ich sehe, der Pfad führt mich zum Wald, ich zögere, bevor ich ihn betrete, warum auch immer, etwas sträubt sich in mir, aber ich tue es trotzdem.

Zwischen den Stämmen herrscht eine andere Stille, eine menschenlose, eine Stille, die nicht durch Schweigen zustande kommt. Ich versuche, auf die herumliegenden Zweige nicht zu treten, um diese Ruhe nicht zu stören. Das Moos schluckt jeden meiner Schritte. Baumrudimente versinken darin, verschwinden in seiner weichen Materie. Manche schauen noch zu einem Teilstück hervor, die meisten wurden schon in seinen Riesenorganismus aufgenommen. Die rotbraunen Fichtenstämme richten ihre Hunderte von schwarzen Augen auf mich, den Eindringling. Ich habe das Gefühl, hier verständigt sich alles miteinander, aber es ist mir nicht gegeben, diese Sprache zu verstehen. Ich gehe tiefer in den Wald, mit jedem Schritt, mit dem ich mich von der Ortschaft entferne, lasse ich das sichere Leben hinter mir. Mit jedem Schritt wächst meine Angst vor dem, was kommen mag, und jeder Schritt befreit mich von dem, was war. Licht fällt von der Seite durch die Stämme, die seinen Strahl mit ihren dünnen Körpern in feine Linien brechen. Die Sprossen, aus dem Boden ragend, lösen sich in diesem Schein auf. Irgendwo knackst ein Zweig, ich bleibe stehen.

Ich sehe mich um – es muss aus der Richtung kommen, wo dieser riesige Ast liegt, dick wie ein junger Baumstamm, liegt da wie ein bloßer Rumpf, jemand hat ihm die Rinde komplett abgefressen. Der Ast hat tatsächlich die Farbe, die auch ein menschlicher Körper haben könnte, menschliche Haut, vor allem wenn man schnell hinschaut. Ich starre darauf und warte, bis was passiert.

Dann huscht plötzlich etwas. Etwas Erdiges, das sich als Schweif in etwas Feuriges verwandelt, huscht vom nackten Astkörper zum nächsten Stamm und verschwindet dahinter. Mein rechter Fuß setzt zum Schritt an, der linke folgt. Ich blicke hinunter und sehe meinen beiden Füßen dabei zu, wie sie sich dorthin bewegen, wo es gerade eben aufgeleuchtet hat. Sie treten näher, jetzt ist der Baum, hinter dem es glühen muss, nicht mehr weit, nur wenige Meter trennen mich davon, die Füße bleiben stehen.

Langsam nähert es sich mir, Pfote für Pfote, die Nase schnuppert am Moos, schnuppert eigentlich nach mir. Zwei gelbe Augen mit einem schwarzen Schlitz in der Mitte haften auf mir. Plötzlich verharrt das Tier. Den Blick immer noch auf mich geheftet, geht der Kopf nach oben, streckt den Hals mit. Es sieht mich an, ich sehe zurück, halte den Atem an. Die Augen, ich habe keinen Zugang zu diesem Kopf, ich kann dieses Gesicht nicht lesen, es ist ja kein Gesicht, aber es ist mir auf eine merkwürdige Weise vertraut, obwohl ich noch nie im Leben einen Fuchs in der freien Wildbahn gesehen habe. Ich kann nicht glauben, dass ich einem gegenüberstehe, sein Blick weicht keinen Zentimeter von meinen Augen, er starrt mich an. Ich rege mich nicht. Ich werde zu Baum, werde zu Moos, werde zu Wald. Werde zum Teil dieses gigantischen Körpers, werde ein Organ, eine Zelle. Ich atme wieder, atme flach – der Fuchs löst seinen Blick von mir und sieht zur Seite.

Hinter mir knackt es, ich drehe mich rasch um, es ist nichts. Ich drehe mich wieder zum Fuchs, aber da steht er nicht mehr, nur eine Leerstelle, er ist verschwunden, als wäre er nie dagewesen, wie ein Waldgeist, den ich mir eingebildet habe.

Tag 7

Die Nacht bricht immer früher ein. Kaum ist Nachmittag geworden, schon kriecht sie über den Himmel und hüllt alles in ihre Dunkelheit. Es gibt keine Sonne tagsüber, nur graue Wolkenmasse.

Ich habe noch keinen Strom in der Wohnung, morgens gehe ich ins Café, trinke meinen Kaffee, lade den Laptop auf, arbeite bis Nachmittag hier, so lange der Akku hält, gehe in die Wirtschaft, lade auf, kehre heim, arbeite bis in die Nacht.

Noch kein einziges Mal war ich im Wal. Es zieht mich dorthin, aber etwas hält mich davon ab.

Der Laptop ist leer, ich bin wieder von Schwärze umgeben. Mittlerweile kenne ich die Wohnung in- und auswendig. Ich erhebe mich vom Drahtsessel, er seufzt erleichtert auf, drei Schritte, eine Stufe hinauf, ein paar Schritte mehr, Spülbecken. Ich fülle mein Glas auf und trinke langsam das eiskalte Wasser, wärme die größeren Schlucke in meinem Mund auf, bevor ich sie in die Speiseröhre entlasse, stelle das Glas ab, lehne mich gegen die Spüle.

Was mache ich hier?

Der Wind hat vor Tagen die Ortschaft verlassen. Alles steht still. Der Frost wird dadurch zumindest draußen nicht so schnell verweht, vermehrt, verstärkt. Er schleust sich nur allmählich ein, frisst sich unter die Haut und legt das Blut lahm. Ich ziehe meinen Mantel nur zum Schlafengehen aus, decke mich mit beiden Federbetten zu, die da sind. Am dritten Tag schon habe ich nach Strom gefragt, sie haben versprochen, ihn sobald wie möglich wieder anzustellen.

Draußen quietscht es. Es ist die Türangel des Zauns. Der Wind ist es nicht, also bekomme ich Besuch.

Eine Weile passiert nichts, dann höre ich die Dielen auf der Terrasse knarzen. Noch bevor die erste knarrt, stehe ich an der Tür und warte. Hinter mir ist der Raum in komplette Dunkelheit gehüllt. Ich spüre jemanden auf der anderen Seite der Tür, ich spüre jemand anderen in meinem Rücken. Der Jemand vor mir ist ein Mensch, ich höre ihn atmen, der Jemand hinter mir ist eine Anwesenheit ohne Form und Gestalt, hat sich in der Schwärze ausgebreitet und schaut mit ihren tausend Augen auf mich, beobachtet mich, was ich als Nächstes mache. Ich lege die Hand auf die Klinke und mache die Tür schlagartig auf.

Keoughs Gesicht, sie reißt die Augen auf, der Mund öffnet sich, sie erstarrt zu Stein. Nachtblau ist ihr Entsetzen.

Ich stehe vor ihr und schüttele den Kopf, ich will ihr sagen, dass ich's bin, aber kein Wort verlässt meinen Mund.

Sie sagt:

»Saul …«

Ich schüttele den Kopf, ich nicke aus Verzweiflung, weil sich durch das Kopfschütteln kein Laut durch meine Kehle drängt. Also versuche ich es mit dem Gegenteil, nicke, nicke, schüttele den Kopf, aber es bringt alles nichts, Keough reagiert auf keinen dieser Widersprüche, mein Anblick stiftet genug Verwirrung.

Wir stehen uns gegenüber, und keiner von uns wagt sich zu bewegen, einen Schritt nach vorne zu setzen, nach hinten, wegzurennen. Sie lehnt sich leicht nach vorne, als würde sie fallen, die Füße unverändert auf dem Boden, wie angewurzelt steht sie da, aber kippt immer weiter nach vorne, sodass ich ihr an die Oberarme fassen muss, damit sie nicht umfällt. Ich fange sie auf und halte sie, bis ich merke, dass nicht ich sie halte, sondern mich an ihr festhalte, sie steht aufrecht, und ich bin derjenige, der sich neigt.

Ich lasse sie los, ihre Hand wandert zu meinem Gesicht. Die Fingerkuppen fahren über meinen Bart. Ich habe den Rasierer nicht eingepackt, habe mich seit über einer Woche nicht rasiert, ich verstehe die Verwirrung. Der Bart ist noch kurz, aber dicht, ich spüre trotzdem ihre Finger auf mir, die Stoppeln leiten ihre Berührung an meine Haut weiter, auch wenn sie einen Zentimeter von meinem Gesicht entfernt sind.

Ich sehe, wie ihre Lippen lautlos nicht meinen Namen formen, ihre Berührung gilt nicht mir, aber ich kann mich nicht dagegen wehren. Ich ergebe mich und lasse ihr das, wonach sie sich sehnt.

Ihre Hand umfährt mein Kinn, überspringt meinen Hals, geht direkt zu meiner Brust über und verharrt dort. Keough geht sicher, dass das Herz schlägt, an ihre Handfläche schlägt. Ihre Augen, immer noch weit aufgerissen, sind auf meine geheftet. Sie schaut mich von unten an, zwischen ihren Lippen klafft die Finsternis, aus der der Name ertönt. Wie ein Sog ist dieser Name, es ruft leise hinaus, ruft mich hinein, wie hypnotisiert muss ich diesem Ruf folgen. Die Schwärze lockt mich hinein, ich starre in diese Schwärze, ich kann nicht weg.

Dieses Ding hinter mir, die tausend Augen in meinem Rücken, die den kompletten Raum beherrschen, treten näher, schweben, gleiten an mich heran, ich spüre sie dicht hinter mir, sie umwölken mich, mit ihrer Unzahl an stillen Stimmen schieben sie mich unmerklich nach vorne, zu Keough, aber ich halte stand. Diese Anwesenheit ist ein Schwarm aus Finsternis, aber so präsent, so eindeutig, dass ich nicht weiß, wen ich mehr spüre, Keough oder sie. Es sind unzählige Hände, ein Gewicht, das sich gegen mich lehnt, von hinten, es versucht, mir einen Stoß nach vorne zu geben, zu Keough, zu der Schwärze zwischen ihren Lippen, und ich weiß: Wenn ich ihr nachgebe, ist das mein Ende.

Das Licht schlägt so plötzlich auf die Augen, dass ich sie zusammenkneifen muss. Ich fahre mir den Arm vors Gesicht, es blendet, die Pupillen schrumpfen so schnell, dass es wehtut. Sie sind das Grelle nicht gewohnt.

Ich blinzle langsam, sehe durch die Wimpern, gewöhne mich langsam an die Helligkeit, öffne allmählich die Lider, ziehe den Arm zurück. Keough setzt sich aus wimmelnden Punkten zusammen, sie steht vor mir, die Augen zusammengekniffen, und schaut mich an.

»Was zum Teufel ist das?«

»Sie haben wohl gerade den Strom angestellt«, sage ich, endlich kommt was heraus aus diesem Mund, meine Stimmbänder gehorchen mir wieder.

Sie schaut an mir vorbei zu dem Drahtsessel, sieht den zugeklappten Laptop darauf, lose Papierblätter auf dem Boden verteilt. Ihr Blick wandert erneut zu mir. Jetzt begreift sie es, ich bin nicht derjenige, für den sie mich gehalten hat. Ich versuche die Enttäuschung in ihrem Gesicht herauszulesen, aber sie lässt es sich nicht anmerken.

»Ich habe gehofft, die in der Wirtschaft lassen dir die Nachricht zukommen.«

»Welche Nachricht?«

»Dass ich wieder da bin.«

»Warum bist du wieder da?«

Ich schweige.

Sie tritt über die Türschwelle, ein Schritt, zwei, nach dem

dritten bleibt sie stehen und schaut hinunter zum Papierchaos zu ihren Füßen.

»Was ist das?«

»Meine Arbeit«, ich wende mich zu ihr um, schließe die Tür, ohne Keough aus meinem Blick zu lassen.

»Was ist das für eine Arbeit?«

Bevor ich erwidern kann, hebt sie eines der Blätter auf, ihre Augen überfliegen die erste Zeile von links nach rechts, sie sieht mich fragend an: »Ich verstehe kein Wort.«

»Das … sind auch keine Worte. Ich muss diese Daten erst zu Worten machen, das ist mein Job«, sage ich, trete näher und nehme ihr das Blatt aus der Hand. Ich gehe in die Hocke und sammle die restlichen auf, sodass die Reihenfolge nicht durcheinandergerät.

»Was ist das für ein Job?«

»Ich bin Ghostwriter. Ein wissenschaftlicher.«

»Du schreibst Texte für andere?«

Ich nicke.

»Und worum geht's hier?«, ihre Stimme klingt tiefer als sonst, monoton, als wäre es ihr gleichgültig, was ich antworte. Sie nimmt mir den Stapel aus der Hand, blättert ihn interesselos durch, sieht mich an. »FoP?«

»Feeling of Presence«, sage ich.

Sie sieht mich an. Die Augenbrauen zusammengezogen, schüttelt sie fragend den Kopf. Ich spüre ihre Ungeduld, will ihr so schnell wie möglich antworten, aber weiß nicht wie.

Sie ist ja doch enttäuscht.

»Es geht um die Wahrnehmung einer Präsenz … im Raum …«

»Einen Geist.«

»So nennt man das im … Volksmund, ja.«

»Du erklärst Geister.«

Ich beiße mir auf die Unterlippe und nicke unsicher.

Ein Lächeln verzieht ihre Miene, sie sträubt sich dagegen, es setzt an, kommt, geht, aber sie kann es nicht aufhalten. Die Mundwinkel fahren dann doch auseinander und an den Augenwinkeln faltet sich die dünne Haut leicht.

»Freak«, sagt sie, ihr Blick strahlt Wärme aus.

Keough dreht sich um, geht zur Spüle, holt einen kleinen Topf heraus, gießt Wasser ein, stellt ihn auf den Herd. Sie dreht am Regler, der rote Knopf leuchtet nach Wochen Ruhe auf, sie wendet sich wieder zu mir um.

»Na dann los. Erklär mir die Geister.«

Ich knete mit der rechten Hand an meiner Stirn, wische mir übers Gesicht.

»Es … gibt keine.«

Sie nickt. »Strenge Wissenschaft, die hier spricht.«

Ich schweige, sie wartet auf meine Antwort. Der Topf fiept leise auf dem Herd.

»Geister … ja«, ich stammle, sammle mich aber schnell, »wir nehmen manchmal etwas Übernatürliches wahr, aber das scheint eine Störung in der Selbstwahrnehmung zu sein … es ist kompliziert, aber im Grunde verortet man unter anderem seinen Körper oder seine Glieder falsch, man liest sich selbst falsch. Es ist das Gehirn, das nicht zurechtkommt und das Problem mit einer Illusion löst. Es schiebt das eigene Dilemma auf einen Dritten«, ich lache unbehaglich auf, »schafft einen unsichtbaren Dritten quasi.«

Sie sieht mich schweigend an.

»So was machst du also. Entzauberst die magische Welt für andere.«

Das Wasser kocht.

Keough gießt es in zwei Tassen, trägt sie in die Raumhälfte, wo ich stehe, und reicht mir eine davon.

»Ist ein dünner Tee, aber wärmt. Ich spüre meine Finger kaum noch, weiß nicht, wie's dir geht.«

Ich stelle die Tasse auf die Anrichte, steuere die Speisekammer an. Keough folgt mir mit ihrem Blick. Ich schleppe den elektrischen Heizkörper hinaus, stecke ihn ein und drehe auf.

»Die Lösung aller Probleme«, sage ich und nehme einen Schluck vom heißen Wasser.

Tag 8

Wir sind zu früh eingeschlafen. Es war wahrscheinlich noch nicht einmal acht, als wir einfach ins Bett gefallen sind – ich auf der üblichen rechten Seite, sie in der Mulde neben mir. Es war die Wärme der Heizung, die uns beide eingelullt hat.

Ich wache auf, es ist endlich warm im Haus.

Ich wache auf, Keough liegt nicht neben mir.

Ich setze mich auf, sehe, wie sie an der Anrichte steht, mit dem Rücken zu mir. Ich sage: »Guten Morgen.« Sie zuckt zusammen, dreht sich um, in ihrer Hand ein Stapel Papier.

Ich ahne, was sie gefunden hat, springe aus dem Bett, stürme auf sie zu. Mir zittern die Hände, als ich ihr die Blätter entreißen will, aber sie schafft es, meinem Versuch auszuweichen.

»Was zum Teufel ist das?«

Ihre Augen über den dunklen Ringen sind blau wie selten.

»Keough … es ist nichts, bitte …«

»Warum steht sein Name drauf?«

Mein Blick wandert zur ersten Seite des Stapels, den sie in der Hand hält. Eine weiße Seite mit seinem Namen in großer Schrift in der Mitte.

»Was zum Teufel ist das?«

Ich lange nach dem Stapel, verfehle wieder. Sie setzt einen Schritt nach hinten, blättert mit der freien Hand die erste Seite weg.

»*Das wird Saul gesehen haben?* Was zum Teufel ist das?«

Sie liest weiter, ich schaffe es, ihr den Stapel endlich zu entreißen. Das bringt nichts, denn ihr Blick haftet immer noch auf mir, ein empörter Blick, sie hält die erste Seite mit Sauls

Namen in der einen Hand, auch wenn der Stapel nicht mehr in der anderen ist, und betet diese Frage runter:

»Was zum Teufel ist das?«

Ich weiß, ich kann der Antwort nicht entkommen. Sie wird mich mit ihrer Frage in die Hölle schicken.

Ich versuche es dennoch, laufe los, Richtung Spüle, ich weiß, ich kann jetzt Kaffee machen, der Strom ist an, ich spüre auch, dass sie mir nicht hinterherläuft, sie ist dort geblieben, wo sie stand. Ich hantiere mit dem Espressokocher, Kaffee hat Saul in der Wohnung, ich poltere so laut, damit diese unerträgliche Stille diese Frage nicht nochmal hervorruft, aber irgendwann steht der Kocher auf der Herdplatte, und ich kann nichts mehr gegen dieses Schweigen ausrichten.

Ich drehe mich zu ihr um, lehne mich an die Kochzeile, sie steht unverändert da.

»Was zum …«

»Okay!« Ich habe wahrscheinlich noch nie meine Stimme erhoben, schon gar nicht gegen sie, aber ich kann diese Frage nicht mehr hören. Ich reibe mir die Augen mit dem Zeigefinger und dem Daumen der rechten Hand, ich will diese Erklärung so lange wie möglich hinauszögern, aber sie wird nicht lockerlassen.

»Es ist ein Manuskript, Keough.«

Sie sieht mich stumm an.

Die Hand fällt mir auf den Oberschenkel. »Ich habe da was probiert.«

»Du … du schreibst über ihn?«

Sie stellt die Frage so, als hätte ich komplett den Verstand verloren, als hätte ich Blasphemie begangen, schlimmer, einen Mord.

»Ich … das ist nur ein Versuch, das ist …«

»Was ist das? Seine Biografie?«

Ich stammle vor mich hin:

»Nnnein … nicht wirklich … es ist … fiktiv … ich hab mir alles ausgedacht … das ist nicht fertig … ich wollte seine letzten Monate haben … für mich …«

»Seine letzten Monate?«

»Ja.«

Sie stutzt.

»Komm ich vor in deiner Geschichte? Oder habe ich in deiner Scheißgeschichte keinen Platz, wie ich es auch in seiner nicht hatte?«

Ich nicke.

Sie reißt die Augen auf.

»Ich … bin … drin?«, sie zeigt auf den Stapel, den ich neben dem Becken abgelegt habe.

Der Espressokocher röchelt. Ich reagiere nicht.

Sie stürmt nach vorne, zu mir, dreht den Herd ab, knallt den Kocher auf eine andere Platte, sodass braune Flüssigkeit auf die metallene Fläche spritzt.

»Ich will's lesen!«

Ich schüttle den Kopf, rutsche zur Seite, verdecke das Manuskript mit meinem Körper, falls sie danach greift.

»Was zum Teufel …«

»Keough! Es ist nicht fertig! Es ist noch nicht so weit!«

Sie rollt mit den Augen:

»Oh mein Gott! Ihr mit eurem *nicht fertig!* Mit eurem *nicht so weit!* Ich habe es so satt! Ich habe ein Recht darauf, es zu lesen! Mein Name steht drin!«

»Theoretisch …«

»Was soll das denn wieder heißen?«

»Ich dachte, man schreibt deinen Namen anders. Theoretisch bist das nicht du, sondern ein Entwurf – nach deinem Vorbild.«

»Ach scheiße, erspar mir das.«

Sie greift nach dem Manuskript hinter mir, ich stelle mich ihr in den Weg, sie greift daneben.

»Ist das dein Ernst?«

Ihre Wut ist vernichtend. Sie löscht mich aus, ich spüre, wie es in meinen Fingern kribbelt, die Auflösung zu Nichts.

»Ich hab ein Recht darauf …«

Wenn sie ruhig redet, ist es noch schlimmer. Sie schäumt vor Zorn.

»Du schreibst über mich, und ich kann es nicht lesen? Was denkst du eigentlich, wer du bist?«

»Keough, das ist nicht der Grund …«

»Was, was ist der Grund? Warum kann ich es nicht lesen? Weil es schlecht ist? Weil du ein Scheißschriftsteller bist? Weil du Saul da drin versaust? Was?«

»Ich will *dich* nicht verfehlen, okay?«, ich brülle zum zweiten Mal in meinem Leben – am selben Tag. Meine Stimme schreit aus dem Hals, nicht aus dem Bauch, es schmerzt sofort in der Kehle. »Das bist nicht du da drin! Das ist jemand anders, den ich mir dazu erfunden hab, weil er dich mal erwähnt hat!«

Sie verstummt, schaut mich mit großen Augen an.

»Ich habe dich da noch nicht getroffen und musste mir dich irgendwie zusammenreimen. Das bist nicht du. Du bist Keough, nicht Q«, ich versuche, mich zu beruhigen. Ich spreche beide Namen aus, sie klingen gleich, es muss für sie ein Rätsel sein, welchen ich zuerst nenne.

»Das ist einfach ein Abklatsch von dir«, ich versuche, versöhnlich zu sprechen, »ich kannte dich nicht mal, ich meine, ich kenne dich jetzt auch nicht, aber ich sehe dich zumindest, du bist jetzt real für mich. Dein Gesicht …«, meine Augen tasten ihre Züge ab, »deine Haare«, sie streichen über ihren Kopf, »deine Art«, sie wandern zu ihren Augen und bleiben dort stehen.

Sie räuspert sich.

»Er hat über mich gesprochen?«

Ich nicke.

»Was hat er gesagt?«, ihre Stimme versagt, sie flüstert fast.

»Wir haben nicht oft gesprochen. Er war ja immer derjenige, der angerufen hat, nicht ich, die komplette Kommunikation hat die letzten Monate über unter seinen Bedingungen stattgefunden … Er hat eine Q erwähnt, als ich ihn gefragt habe, ob er hier alleine sei. Er meinte, es gebe dich. Du seist da.«

»Und dann?«

Ich zucke mit den Schultern, befürchte, der Kaffee wird langsam kalt, schiele zu ihm rüber.

»Und dann?«, wiederholt sie mit mehr Nachdruck.

»Naja, ich habe dann gefragt, wer diese Q denn ist.«

»Und? Was hat er gesagt, wer ich bin?«

»Rumgestammelt hat er. ›Sie ist … sie ist …‹ hat er nur gesagt. Und ich habe dann schon geahnt, wer du bist.«

Sie sieht mich an.

»Wer bin ich?«

Ich zögere mit der Antwort.

»Seine Keough bist du. Er wollte dich nur nicht so vereinnahmen.«

»Vereinnamen«, sie lächelt schief, ich verstehe diese Reaktion nicht. Dieses Lächeln tut mir weh, es ist ein schmerzvolles, schmerzhaftes Lächeln, scharfkantig, wie es ihr die

Gesichtszüge auseinanderschiebt. Sie lächelt sich durch einen Schmerz hindurch, und ich stehe da, und jeder Winkel in ihrem Gesicht schneidet auch an mir.

»Ich will's trotzdem lesen«, sagt sie leise.

»Ich verspreche dir, du wirst es lesen. Gib mir Zeit.«

»Ich warte immer nur auf euch, bis ihr sagt, es ist so weit. Ich habe auf ihn gewartet, und dann war nicht er derjenige, der mich in den Wal geführt hat, und ich warte auch auf dich, anscheinend.«

»Ich werd's dir geben, versprochen. Ich will alles richtig machen. Ich will es korrigieren, ich will dich drin haben, in diesem Text, nicht diese Q, die ich erfunden habe, ich will dich, Keough.«

Sie sieht mich an, ihr Blick wie eine Mauer, fest und nicht durchlässig, und ich weiß, es wird nie passieren.

Tag 13

Das ist jetzt der dritte Versuch in Folge.

Seitdem ich Strom im Haus habe, arbeite ich erst, sobald es anfängt, dunkel zu werden. Ab dem Nachmittag. Vorgestern Morgen habe ich beschlossen, vor der Arbeit hierherzukommen. Es ergibt nur Sinn hineinzugehen, wenn es noch hell ist. Bei Dunkelheit drin zu sein, behagt mir nicht. Aber ich habe es noch nicht hinein geschafft.

Er sieht viereckig aus, wenn man ihn aus der Ferne betrachtet, nicht rund. Vielleicht auch eher wie eine platte Fassade, eine aufgestellte Kartonattrappe, und es ist mein Gehirn, das ihn in mehrere Dimensionen dehnt. Erst wenn man näher kommt, ist eine Wölbung nach vorne zu erkennen, und, erst wenn man um den Bau herumläuft, ergibt er einen Kreis.

Ich stehe davor, es ist windstill wie sonst. Die massigen, schwarzen Vögel fliegen über dem Acker und krächzen in die Leere, sodass es echot. Die aufgewühlte Erde hat der Frost schon lange durchdrungen. Die kopfgroßen Klumpen müssen kaum zu heben sein und hart wie Stein.

Fünf Stufen, wie schwer kann es sein.

Ich zähle jede einzelne, als wäre es mein letzter Bezug zur Wirklichkeit. Zahlen binden mich anscheinend an die Realität. Sie geben mir Halt.

Vor der Tür bleibe ich stehen.

Immerhin, so weit bin ich bisher noch nicht gekommen.

Ich stecke den Schlüssel ins Schlüsselloch und drehe ihn gegen den Uhrzeigersinn, es klackt, zweimal.

Meine linke Hand drückt die Klinke herunter, die Tür geht auf, der rechte Fuß tritt über die Schwelle, der linke folgt, ich bin drin. Nicht ich habe diese Entscheidung getroffen, ich bin einfach hineingetragen worden.

Diese Wände schweigen. Ich habe das Gefühl, beobachtet zu werden. Nicht von jemandem mit einem Augenpaar, sondern das Sehen ist hier einem anderen Organ vorbehalten. Vielleicht nicht einmal einem Organ. Etwas sieht mich, etwas registriert mich. Es ist nicht als Einzelnes anwesend, ich werde davon einfach *umgeben*, ich bin der Anwesende hier. Ich bin derjenige, der gesehen wird, aber ich kann nicht zurücksehen. Ich sehe immer nur Fragmente, Ausschnitte von etwas Großem, meine Augen können es nur stückweise abtasten, aber es als Ganzes zu sehen, bin ich nicht in der Lage, körperlich.

Das ist ein Organismus, in dem ich mich befinde. Wenn ich jemandem erzähle, dass diese Wände einem Lebewesen gehören, einem vollkommen andersartigen Giganten, einer unbekannten Größe, wird man mich für geistesgestört erklären.

Hat Saul es rechtzeitig beendet, hat er noch geschafft, es ebenfalls zu spüren?

Ich weiß nicht, was es mit mir macht, außer mich zu sehen. Es nährt sich von mir nicht, ich spüre keinen Kraftverlust, keine Müdigkeit, die aufkommt. Es ist einfach da, es will nichts, es beobachtet nur, es sieht bloß.

Es lebt. Ich fühle es von allen Seiten. Ich bin mir sicher, es atmet, wenn auch unsichtbar. Diese Decke, die an keiner Stelle mit den Wänden verschmilzt, schwebt, sie ist reglos, hält sich von selbst. Das Licht dringt durch die schmalen Linien, umreißt das Viereck über meinem Kopf.

Ich erinnere mich plötzlich an Keoughs erste Frage, was sich denn unter uns befinde. Warum diese Leerstelle zwischen dem Boden hier und dem Fundament überhaupt existiert. Sie wollte sofort wissen, wie das Dach gehalten wird.

Ich tippe vorsichtig mit der Fußspitze gegen den Boden, gehe sofort in die Hocke und lege reumütig meine Hand auf die Oberfläche, fahre sanft darüber.

Dieser Beton. Dieser weiche, aschene Beton.

Ich höre es grummeln. Ein rollendes, dröhnendes Geräusch. Durch die Türöffnung sehe ich, wie es herabbricht. Massenweise stürzt Wasser vom Himmel, ein vernichtender Lärm, der alles erstickt. Ich trete an die Schwelle, Spritzer bedecken sofort meine Stiefelspitzen. Sobald ich auch nur einen Schritt nach draußen setze, werde ich im Nu durchnässt sein. Dieser Regen ist ein einziger Ozean ohne Tiefe. Ein einziger Schritt nach vorne und ich bin in seinem Gewässer.

Er dringt nicht durch die Lichtlinien in den Bau. An keiner der Wände rinnt es herunter, auch wenn ich ganz klar den Himmel über mir sehen kann, wenn auch als Strich.

Keough würde fragen: »Was zum Teufel …?« Ich kann ihre Stimme ganz klar hören, diese unausformulierte Frage, ich höre sie, wie sie in meine Gedanken dringt, ihre Stimme, ihr Satz.

Ich beschließe abzuwarten.

Er singt diesmal nicht. Ich höre dieses Stöhnen nicht, auch nicht nach einer Stunde. Heute schweigt der Wal mich nur an. Er will den Regen nicht stören, er will in diesen Krach nicht einbrechen, diesen Krach, der über die Zeit meine Gedanken übertönt hat, ich habe überhaupt keine Gedanken mehr, stehe seit einer Stunde leer und abwesend im Türrahmen und schaue aus meinem Kopf.

Der Regen wird weniger, die Sonne scheint durch die Wolken, der Himmel nun leuchtend weiß. So grell, dass es in den Augen wehtut. Die großen Tropfen, die noch fallen, schimmern silbrig, blitzen auf und erlöschen wieder. Dann, plötzlich, hört es auf.

Das Wasser macht keine Geräusche mehr, keine Geräusche des Aufpralls, sondern fließt, plätschert den Abhang hinunter. Ich will über die Schwelle treten, aber meine Füße sind bleischwer. Es ist eine Schwere wie bei einem Abschied. Ich kann mich nicht losreißen, von der Stelle, an der ich stehe, ich schaffe es einfach nicht zu gehen.

Meine Hand fährt hoch, die Finger legen sich an die Wand links neben mir. Dieser weiche, aschene Beton. Ich presse sie leicht dagegen, sodass ich die glatte Oberfläche an jeder Zelle meiner Haut spüre, nicht zu stark dagegen drücken, schießt mir durch den Kopf, und ich lasse sofort los.

Ich habe keinen einzigen Gedanken. Nur ein Sehnen erfüllt meinen Körper, dehnt sich über jeden Muskel, durchflutet mich. Ein stilles Sehnen, lautlos, zieht sich lang in mir, aber ist auf nichts und niemanden gerichtet. Das Sehnen ist einfach da.

Ich spüre, wie meine Knochen leicht werden. Ich kann auch die Füße wieder bewegen. Der rechte tritt über die Schwelle und trägt den Rest meines Körpers hinaus. Ich sperre ab, steige die Treppe hinab.

Das Tageslicht wird bald unter der Kuppel der Nacht verschwinden.

Tag 17

Ich habe Keough nichts erzählt. Aber sie hat auch nicht gefragt, ob ich den Wal aufgesucht habe, seitdem ich wieder hier bin.

Ich stelle ihr eine Menge Fragen, sie beantwortet sie. Ich kenne jetzt zumindest alle ihre Eckdaten. Alter, Herkunft, Beruf, all das. Wie lange sie hier wohnt, wie sie aufgewachsen ist, wo sie zur Schule gegangen ist, ihre Ausbildung absolviert hat, dann die Frage, wie sie Saul kennengelernt hat. Sie stockt, schaut zu Boden.

»Saul. Ja«, sagt sie endlich, kramt in ihrer Tasche und holt Rauchzeug hervor.

Sie dreht sich schweigend eine Zigarette, zündet sie an, macht einen Zug, sieht mich an, während der Rauch in einem sauberen Strahl ihrem Mund entschwindet, dann reicht sie mir die Zigarette.

Ich schüttle den Kopf.

»Ich habe das seit Jahren nicht gemacht«, sage ich.

»Aufgehört?«

»Saul war der Raucher. Ich war nur Mitläufer. Nachahmer. Ich hab das nie verstanden, ich wollte nur diese Art übernehmen, nachempfinden, wie es ist, deshalb habe ich das gemacht. Nur unter Leuten, nie alleine.«

»Naja, du bist unter Leuten«, sie lächelt.

Ich zögere, aber schon sehe ich meiner Hand dabei zu, wie sie zu Keoughs Zigarette wandert. Ich klemme sie zwischen Zeige- und Mittelfinger ein, fahre sie an meine Lippen – in Keoughs Blick eine Vertrautheit. Ich ziehe, zu stark für den ersten Zug seit Jahren, und bekomme einen Hustenanfall.

Sie nimmt mir die Zigarette ab und klopft mir mechanisch auf den Rücken, ich winke ab.

Sie beobachtet mich stillschweigend, bis ich mich einkriege. Mit einem einzigen Zug bin ich für sie von Saul zu Aezra geworden. Ich schaue sie an, will wissen, wie sie auf diesen Wechsel reagiert, aber nichts lässt sich aus diesem Gesicht herauslesen. Sie sieht mich an und raucht.

»Meine Augen verpfeifen mich schon nicht«, höre ich sie sagen.

»Was?«

Sie runzelt die Stirn.

»Was meinst du mit ›was‹?«, fragt sie.

»Du hast gerade gesagt …«

Sie dreht ungläubig ihr Gesicht zur Seite und schaut mich aus dem Augenwinkel an.

»Ich habe gerade kein Wort gesprochen.«

»Du hast gerade gesagt, deine Augen verpfeifen dich schon nicht.«

Sie prustet los, der Rauch fällt ihr in einer unförmigen Wolke aus dem Mund.

»Was? Wie kommst du denn auf so was?«

Ich versuche mich zu erinnern, ob ihre Lippen sich zu diesem Satz bewegt haben.

Sie wird plötzlich ernst, zieht die Augenbrauen zusammen:

»Oder war das ein Witz, den ich nicht verstanden habe? Steh ich auf der Leitung?«

Ich will die Zeit zurückdrehen, damit ich meine Frage zurücknehmen kann.

Sie drückt die Zigarette in der Tasse aus, steht auf und steuert die Spüle an. Ich höre das Wasser angehen, höre, wie sie das Seifenstück aus dem metallenen Korb nimmt und es zwischen ihren Händen wendet. Es fällt zurück in den Gitterhalter, ich höre, wie sie sich die Hände einreibt, der Wasserstrahl bricht, Keough dreht den Hahn ab.

»Was gibt's da zu schmunzeln?«, fragt sie, als sie wieder neben mir sitzt.

»Ich musste nur an meine Lieblingsarbeit von Saul denken. ›Seife‹.«

»Worum ging's da?«

»Naja, er hat über eine längere Zeit Seifenstücke, mit denen er sich in seinem Atelier die Hände sauber gemacht hat, gesammelt, unbrauchbare, kleine Stummel«, ich lache, »dann lagen sie in einer Galerie, diesem White Cube, brav aufgereiht, in allen möglichen Pastellfarben, diese abgewetzten Miniaturen, manche mit Sprüngen, manche so dünn wie kleine Plättchen, bei anderen waren noch eingetrocknete Bläschen zu sehen, bei ein paar sogar Dreckspuren.«

»Kleine Skulpturen«, nuschelt sie und lächelt in sich hinein.

»Er hatte viele von solchen ›faulen‹ Arbeiten, wie er sie genannt hat. Kollaterale Sachen, die alltäglicher, banaler Teil der eigentlichen bildhauerischen Praxis sind. Begleiterscheinungen. Er hat alles Mögliche an Zeug gesammelt und es dann ausgestellt, ohne sich ›richtige‹ Arbeit zu machen. Bei Leuten, die von ihrem ›Schaffen‹ geredet haben, hat er die Augen verdreht. Er hat die skurrilsten Projektbeschreibungen verfasst, immer nur ein paar Sätze, er hat das Schreiben gehasst. Aber du hättest dich kaputtgelacht dabei, er hatte einen so subtilen Humor.«

Keough schüttelt kaum merklich den Kopf.

»So kenne ich ihn nicht.«

Mein Blick wandert zu ihr.

»Das hat sich später sicher auch geändert, als er sich zurückgezogen hat.«

»Als er aufgehört hat, Künstler zu sein, meinst du.«

Ich nicke widerwillig.

»Da hat er auch gleich seinen Humor miteingebüßt. Wie man's halt so macht«, sagt sie, erhebt sich und geht zum Lichtschalter.

Meine Augen zucken, sobald sich die Pupillen bei der plötzlichen Helligkeit zusammenziehen.

»Warum fällt es dir so schwer zu akzeptieren, dass er kein Künstler mehr war?«, sie dreht sich zu mir um und heftet ihren Blick auf mich, ihre Pupillen fixieren mich, während meine sich noch vor dem Lichteinfall erholen.

»Der Wal …«

»Der Wal? Jetzt fängst du wieder damit an. Du hast doch selbst gesagt, er hat ›faule‹ Arbeiten gemacht. Dass er handwerklich nicht tätig war, dass die Skulpturen nur Nebenprodukte waren. An dem Wal«, sie betont *dem Wal*, »hat er Tag und Nacht geschuftet. *Der Wal* ist weit davon entfernt, ›kollateral‹ – oder was hast du gesagt? – zu sein, so viel, wie er dafür getan hat. Das war sicher keine ›faule‹ Arbeit, das war ein Koloss an Rackerei. Warum kannst du ihn nicht einfach sein lassen?«

Sie rattert ihre Sätze hinunter, es ist Schotter, mit dem sie um sich wirft.

»Ich weiß, dass er am Ende ein anderer war. Er war nicht mehr der Saul, den *du* kanntest, aber vielleicht war er der Saul, der er sein wollte, und er war *mein* Saul, und warum kannst du das nicht akzeptieren?«

Ich schweige.

»Warum kannst du seine Entscheidung nicht einfach hinnehmen? Was ist dein Problem?«

»Keough, der Wal …«

»Was ist mit dem Wal?«, sie steuert auf mich zu, setzt sich aufs Bett mir gegenüber, ihr Blick durchbohrt mich. »Warum sagst du mir nicht, was mit dem Wal ist?«

Sie wartet auf meine Antwort, aber meine Zunge liegt schlaff in meinem Mund.

»Gib mir den Schlüssel!« Ich sehe hinunter auf ihre Handfläche, die sie mir entgegenstreckt.

»Gib mir den Schlüssel«, wiederholt sie, »ich gehe alleine hin. Ich gehe ohne dich hin, ich will verstehen, was es mit ihm auf sich hat.«

Ich will ihr sagen, dass man da rein gar nichts verstehen kann, dass man überhaupt aufhören muss, etwas verstehen zu wollen, dass man alle praktischen Fragen verwerfen, alles, was man begreifen will, aufgeben muss, aber die Worte stecken mir im Hals, der Kehlkopf drückt die angestauten Sätze zurück in den Körper.

Ich krame den Schlüssel aus der Hosentasche hervor und lege ihn auf ihre Handfläche. Er liegt da wie ein fremdartiger Gegenstand von einem anderen Planeten. Sie ballt die Faust, er verschwindet im Inneren.

»Ich kann dich immer …«

»Ich will keine Begleitung!«

Ich stocke. Sie weiß immer sofort, wie meine Sätze enden.

Wir schweigen, sie schaut zu Boden, ich mustere ihr Gesicht. Dann hebt sie ihren Blick und sieht mich an.

»Warst du da?«

»Wo?«

»Im Wal.«

»Keough, wir waren zusammen …«

»Warst du da, seit du hier bist.«

Die Antwort dauert ihr zu lange, also wiederholt sie die Frage nochmal.

Mein Kopf senkt sich mit dem Kinn ein Stück, geht wieder nach oben.

»Wann?«

Bevor ich meinen Mund aufmachen kann, schießt sie mit der nächsten Frage auf mich: »Warum hast du nichts gesagt?«

Ich will mit den Schultern zucken …

»Warum hast du mich nicht mitgenommen?«

Die Knöchel an ihren Fäusten färben sich weiß.

»Warum lässt du mich nicht mit rein? Warum sagst du nichts über den Wal? Warum weiß ich nicht, was damals passiert ist? Warum spricht niemand mit mir? Warum kann man mit mir nicht normal reden? Warum sprichst du mit mir nicht, Sa…«

Ihre Augen reißen meine Augen weit auf. Das abrupte Ende ihres Satzes schneidet uns den Atem ab. Wir sehen uns an, reglos, wie in der Zeit erstarrt.

Dann ist sie diejenige, die das erste Wort aushaucht, sie bittet um Entschuldigung, ihr Blick wandert nach unten. Ich sage etwas Besänftigendes, wir atmen wieder.

»Ich wollte das nicht.«

»Schon gut«, sage ich.

»Deine Stimme klingt sanft«, sie schaut immer noch zu Boden.

Meine Finger wandern wie Spinnenbeine zu ihrer Faust, die sie in das Laken drückt, bedecken sie, diese Faust, kalt wie Stein. Sie schaut mich an und schüttelt leise ihren Kopf. Ihre Augen springen zwischen meinen Augen hin und her.

»Es ist verrückt.«

Dann wandert ihre freie Hand zu meinem Gesicht, ich spüre, wie sie über meinen Bart streicht.

Es ist eine langsame Rückkehr.

Tag 21

Drei Wochen.

Was mache ich hier? – Diese Frage wird mit jedem Tag meines Aufenthalts hier immer unhörbarer, auch wenn ich die Antwort darauf immer noch nicht habe.

Ich habe seit drei Tagen nichts von Keough gehört, sie hat den Schlüssel mitgenommen, aber ist hier nicht mehr aufgetaucht.

Alle Aufträge habe ich weggeschickt und keine neuen angenommen. Die Texte, an denen ich jetzt arbeite, liegen mir nicht mehr in Daten vor. Ich kann mit Sätzen machen, was ich will. Und sie mit mir.

Kaum klappe ich den Bildschirm zu, ist es wieder da.

Es wartet nicht einmal, bis es komplett dunkel wird. Es braucht die Finsternis nicht mehr, um anwesend zu sein, um sich darin aufzulösen und mich mit seinen tausend Augen zu beobachten. Ich kann noch alle Gegenstände in der Wohnung erkennen, schon atmet es mir in den Nacken.

Ich sitze im Drahtsessel und lasse es geschehen.

Es ist so nah an mir, dass sich mir von diesem Hauch die Härchen aufstellen. Ich versuche, Glied für Glied abzugehen, die Augen springen von meinen Fußspitzen direkt zu den Knien – das Schienbein ist außer meiner Sicht –, wandern über die Oberschenkel zum Bauch, zur Brust, beide Hände halten sich an den Lehnen fest, die Ellenbogen leicht angewinkelt. Den eigenen Kopf kann ich natürlich nicht sehen, ich kann nur die Schwere der Gedanken spüren. Ich bin müde, der Abend macht schläfrig, aber *es* sitzt im anderen Körperteil, der mir unsichtbar bleibt, im Rücken.

Es ist so, als würde es mich umarmen. Es legt seine unsichtbaren Arme um mich, ohne mich zu berühren, ich spüre nur einen leichten Windstoß von der umfassenden Bewegung. Wie ein Körperumhang legt es mich in sich, in seine verborgene Materie, eine Tarnkappe, auf eine sonderbare Art und Weise verschwinde ich gern darin. Vielleicht freunden wir uns langsam an. Es will mir nichts Böses, und ich habe mich an es gewöhnt. Es wird eine friedliche Symbiose, denke ich, ich will mich gerade entspannen, senke mich in den Sessel, als es von meiner Bewegung aufschreckt.

Ich spüre, wie es mich aus seiner Umarmung wirft, es weicht von mir, entfernt sich nach hinten. Vielleicht war es gar keine Umarmung, schießt mir durch den Kopf, vielleicht war es ein Versuch der Verschmelzung, vielleicht sogar der Verinnerlichung, es hat mich fast zu einem Teil von sich gemacht, zu sich im Ganzen, und ich habe den Prozess gestört.

Ich springe vom Sessel auf, der Laptop knallt auf den Boden.

Es kreischt, tonlos. Es sind unhörbare Höhen, in denen es gellt, aber ich spüre diesen Schrei mit jeder Zelle meines Körpers.

Ich drehe mich um, die Finsternis starrt mich an. Innerhalb von Minuten hat sie den Raum eingenommen, ich habe es nicht mal bemerkt. Es ist ihr riesiger, aufgeklaffter Mund, der mich angafft. Der kürzeste Tag des Jahres nähert sich.

Rückwärts und mit langsamen Schritten entferne ich mich von diesem schwarzen Wall, stolpere kurz über den Laptop auf dem Boden, aber fange mich, schreite weiter, immer noch rückwärts, bis ich an die Eingangstür stoße, sie fällt mir wie ein Feind in den Rücken. Ich bin umzingelt von diesen tausend Augen, sie alle beobachten mich aus jeder Ecke dieses Raums. Jedes einzelne will etwas, ich bin nichtig von so viel Wollen um mich herum, und diese Tür ist da, um mir einen Ausgang aus dieser Lage zu bieten, ich lehne mich dagegen, aber erinnere mich, dass sie nach innen aufgeht. Ich drücke sie bloß mehr in den Rahmen mit meinem Gewicht.

Und plötzlich drückt die Tür sich gegen meinen Rücken, schiebt mich immer tiefer in den Raum hinein, in die Finsternis, die sich vor mir ausbreitet, ich lehne mich mit meiner ganzen Kraft dagegen, aber sie drückt mich zurück.

»Was zum Teufel!«, höre ich hinter mir, es hämmert gegen das Holz. Ich spüre jeden Schlag in meinen Rippen. »Warum lässt du mich denn nicht rein?«

Ich springe weg von der Tür und reiße sie auf.

Keoughs Augen funkeln in der Dunkelheit, Zorn liegt zwischen ihren Brauen.

Sie schreitet über die Schwelle, knipst das Licht an, die Bedrohung ist mit einem Mal ausgemerzt.

»Was hat dich denn geritten, du siehst aus, als wärst du aus einem Albtraum erwacht.«

Ich stürme auf sie zu, es ist nur ein Schritt, aber bleibe abrupt vor ihr stehen. Sie sieht zu mir hinauf. Meine Hände heben sich ein Stück, sie wollen dieses Gesicht berühren, wollen es halten, dieses rettende, bergende Gesicht, aber schon als sie die Höhe ihrer Ellenbogen erreichen, bleiben sie stehen, sie trauen sich nicht.

Keough senkt ihren Blick. Er wandert von meiner einen Hand zur anderen, dann lässt sie ihre Hände in meine gleiten, ich drücke sie leicht zusammen, sie hält mich fest.

»Eiszapfen«, sagt sie. »Die Heizung ist doch an, oder?«

Sie sieht mich an und schweigt, bis ich nicke.

»Ich setze Wasser auf.«

Ihre Hände gleiten wieder aus meinen, sie geht zur Küchenzeile und fängt an zu poltern.

Tag 24

Da ist sie, die Frage. Sie ertönt aus einem anderen Mund, in einer fremden Stimme, nicht meiner. Sie hat eine andere Betonung, eine andere Stärke. Ich habe diese Frage so oft unausgesprochen in meinem Kopf gelassen, und sie verleiht ihr endlich Raum, wirft sie hinein, macht sie konkret.

»Was machst du hier?« Sie richtet sich an eine andere Person, ein Du, das bin aber immer noch ich.

Sie fragt nicht nach meinem augenblicklichen Handeln, sie fragt nach dem Grund, warum ich überhaupt hier bin, das weiß ich sofort, auch wenn sie mir keinen Kontext gibt. Keough spricht das an, wovor ich seit Wochen weglaufe. Sie sieht mich an, der Kaffee dampft vor ihrem Gesicht, hüllt ihre Züge in einen lebendigen Schleier. Sie nimmt einen Schluck und stellt die Tasse auf dem Boden ab, reibt sich die Hände, als wollte sie die Wärme von den Handflächen bis in die Fingerspitzen verteilen.

»Warum bist du hierhergekommen?«, die Worte kommen in einem Hauchschwall aus ihrem Mund. Die Hitze, die sie mit dem Kaffee in sich aufgenommen hat, begleitet jede einzelne Silbe. Die Frage ist sichtbar, sie hat einen Körper, der sich aber in der darauffolgenden Stille sofort in die Luft auflöst.

Ich schüttle meinen Kopf und nuschle: »Ich weiß es nicht.«

Sie wiederholt meinen Satz als Frage, ich verneine.

Sie stützt sich mit dem Ellenbogen gegen das Knie, stützt ihr Kinn auf die Handwurzel und schaut nachdenklich zur Seite.

Dieses Schweigen quält mich. Ich will ihr sagen, dass ich selbst wissen will, was ich hier mache, dass ich mir selbst diese

Frage so oft gestellt habe, aber dann sieht sie wieder zu mir und sagt:

»Hast du dich das nie gefragt?«

Ich schlucke.

»Hab ich. Ja.«

»Und was ist aus der Antwort geworden?«

Ich zucke mit den Schultern.

Ihre Augenbrauen springen flüchtig auf und ab, während der Blick sich zu Boden senkt.

»Es ist einfach so passiert«, sage ich dann. »Ich habe meine Sachen gepackt und bin jetzt hier.«

»Und die Kleidung hast du vergessen?«, sie deutet mit dem Kinn auf den Pullover, den ich trage. Ich schaue hinunter zu dem Kleidungsstück, das ich mir geliehen habe.

»Nach drei Wochen musste ich den Pulli wechseln. Ich habe nichts mitgenommen, was ziemlich dumm war, ja.« Ich füge hinzu: »Er hat keine Waschmaschine im Haus, ich krieg mein Zeug nicht einfach so sauber.«

»Er hat seine Klamotten immer in den Waschsalon gebracht. Das bedeutet die einzige öffentliche Waschmaschine im Supermarkt, direkt am Eingang.«

»Okay, ich mach das gleich morgen.«

Ihre Augen springen von meinem Pulli nach oben, sie heftet sie auf mich.

»Ist okay. Nicht meinetwegen. Er steht dir.« Sie nippt an ihrem Kaffee. »Die Hose auch.«

Sie merkt, dass ich nervös werde, wenn die Dunkelheit in den Raum schleicht. Ich versuche, es zu verstecken, es zu überspielen, versuche der zu sein, der ich tagsüber bin, aber Keough kann alles voraussagen, also bleibt sie bei mir.

Ich arbeite im Drahtsessel und merke, wie sie mich vom Bett aus mustert, statt in ihr Buch zu schauen. Ich hebe den Kopf, unsere Blicke treffen sich, sie zupft an der Unterlippe herum.

»Ich will dich was fragen«, fange ich an, aber sie hat die Antwort schon parat.

»Ich war nicht drin.«

Ich klappe den Bildschirm zu.

»Warum nicht.«

»Ich stand davor.«

»Du bist nicht reingegangen?«

»Nein«, sie hält inne. »Es hat sich nicht richtig angefühlt.«

Sie setzt sich auf, wirft die Beine aus dem Bett, die Zehenspitzen berühren den Boden.

»Das war so, als hätte sich eine unsichtbare Mauer davor aufgebaut, ein Magnetschild oder irgend so ein Mist. Es hat mich auf Abstand gehalten. Ich konnte mich dazu nicht durchringen, einen Schritt nach vorne zu setzen. Also bin ich nach einer Weile gegangen.«

Sie steht auf, läuft zu ihrem Mantel, kramt darin herum.

»Ich muss eine rauchen.«

Sie holt den Tabakbeutel hervor, dreht sich eine Zigarette, stopft alles in die Manteltasche zurück. Dann macht sie die Tür auf, geht hinaus, ich folge ihr automatisch.

Wir setzen uns auf die oberste Stufe der Terrasse, sie nimmt den ersten Zug, hält sich die Zigarette vors Gesicht und bläst den Rauch aus. Meine Hand wandert von alleine zu ihrer, die Finger klemmen den Stängel ein, ich fahre ihn mir vor den Mund und mache einen Zug. Diesmal muss ich nicht husten. Keough schaut mich an, die linke Gesichtshälfte gegen den Handballen gelehnt. Ich weiß, dieses Leuchten in ihren

Augen, diese leichte Glückseligkeit, zu der sie zerfahren, ist nicht dem Nikotin zu verdanken.

Ich rauche ihre Zigarette, sie lächelt schweigend. Ich trage einen anderen Namen, wenn sie mich so ansieht. Es sind flüchtige Momente mit ihm, und ich kann nichts anderes tun, als sie in ihren Alltag einzuschleusen, damit der stille Schmerz aus ihrem Gesicht weicht.

Ich ziehe zu stark, sodass die Glut sich in den Filter frisst, verbrenne mir dabei die Lippen. Ich schrecke auf, Keough zuckt zusammen, das Lächeln rutscht ihr vom Gesicht.

Es schüttelt sie vor Kälte. Sie legt die Hände um sich und reibt an ihren Oberarmen. Ich stehe auf, hole ihren Mantel und werfe ihn ihr über. Sie zieht oben die Leisten zusammen und bedankt sich.

Der Himmel ist bedeckt mit leuchtenden Staubpartikeln. Die Sonne scheint gerade woanders, scheint woanders länger, sie vergisst uns langsam.

»Wie ist dein Aufsatz ausgegangen?«

Ich sehe sie schweigend an, sie blickt nach oben.

»Der mit der Anwesenheit. Dem Gefühl der Anwesenheit«, korrigiert sie sich.

»Ich hab ihn abgeschickt. Vor Tagen.«

»Ich habe darüber nachgedacht.«

»Worüber?«

»Dass wir so alleine sind, dass wir uns selbst falsch lesen und uns Gesellschaft mit unseren Körpern ausdenken.«

»Du wirst von solchen Geistern heimgesucht?«

Sie sieht mich an.

»Du nicht?«

»Wer sucht dich auf?«

Sie schweigt eine Weile.

»Niemand sucht mich auf. Es ist einfach da, bei mir. Mich beruhigt's.«

»Auch jetzt?«

Sie lächelt und schüttelt den Kopf.

»Ich glaube nicht. Jetzt bist du ja da.«

Sie hält sich die rechte Hand vor den Mund, lehnt ihr Gesicht dagegen und sieht mich an.

»Ich bin froh«, sage ich.

Sie murmelt drei undeutliche, verwaschene Silben in ihre Hand: »Worüber?«

»Dass … du dir gerade keine Gesellschaft mit deinem Körper ausdenken musst.«

Sie blickt nach unten und nickt unmerklich.

»Ich auch.«

Hinten, links von mir sammelt es sich zu einem Schatten zusammen. Ich spüre seine Nähe. Die tausend Augen werden weniger, sie schrumpfen. Es nimmt langsam menschliche Gestalt an.

Tag 26

Ich wache auf – sie beobachtet mich. Als hätte sie die ganze Nacht kein Auge zugemacht, der Schlaf steckt ihr nicht mal in den Augenwinkeln.

Sie liegt auf der Seite mir gegenüber, die linke Hand unters Gesicht geschoben, und sieht mich mit einem ernsten Ausdruck an. Ich fixiere ihre Pupillen, ich weiß, irgendwo in ihrem Gehirn wird ein Bild von mir projiziert. Ihre Augen sehen mich unbewegt an, ich suche nach etwas in ihrem Blick, aber weder weiß ich, wonach, noch stoße ich zufällig darauf. Wir liegen ruhig nebeneinander und sprechen kein Wort.

Draußen ist es noch dunkel, aber es dämmert. Die Sonne muss hinter den Wolken den Horizont streifen. Bald gleitet sie widerwillig weg von den anderen Kontinenten, um uns ein bisschen Licht abzugeben, dann hat sie ihre Pflicht getan und kann wieder zurück.

Keoughs Haut ist noch in die Nacht gehüllt. Die Lippen haben ihre Dunkelheit gespeichert.

Draußen krächzt es. Sie dreht sich auf den Rücken und reibt sich das Gesicht mit beiden Händen.

»Ich mache einen Kaffee«, sie setzt sich auf und dreht ihren Kopf zu mir. Ohne mich anzusehen, sagt sie: »Du hast schlecht geträumt.«

»Ich kann mich daran nicht erinnern.«

Sie nickt abwesend, steigt aus dem Bett und hinterlässt ihre übliche Mulde.

Während sie mit dem Rücken zu mir in der Küche herumwerkt, streiche ich mit der Hand über das zerknitterte Laken, das ihre Wärme noch gespeichert hält.

Ich frage mich, ob es ihr etwas ausmacht, in der Straßenkleidung zu schlafen. Wir verbringen Tage und Nächte in den gleichen Hosen, den gleichen Pullovern. Ich habe seit einer knappen Woche keine eigenen Sachen mehr getragen. Sauls Garderobe wächst mir an, wächst an meiner Haut fest. Ich habe mich seit Tagen nicht umgezogen, weil ich das wenige Zeug, das er hatte, aufgebraucht habe. Nur die Unterwäsche reinige ich von Hand.

»Keough. Ich muss waschen.«

Die Geräusche hören auf.

»Ich weiß.«

Dann dreht sie sich um, geht zu ihrem Rucksack, der rechts von der Tür steht, holt etwas Schwarzes heraus und wirft es mir aufs Bett.

»Was ist das?«

»Eine Hose und ein T-Shirt, beides frisch.«

»Wo hast du's her?«

»Saul hat es am See gelassen, als ich ihn das letzte Mal gesehen habe. Ich hab's damals mitgenommen, aber konnte es ihm nicht mehr zurückgeben. Der hat mich ja aus seinem Leben getilgt. Ich hab's gewaschen, vor ein paar Tagen. Seine Schuhe hab ich auch noch drin.«

Sie läuft zurück zur Küchenzeile, ich stehe auf, wechsle die Hose und das T-Shirt, ziehe den alten Pulli drüber.

Wir haben gelernt, unseren Kaffee schwarz zu trinken.

»Du hast Hunger, nicht?«, fragt sie und kippt den Rest von ihrem hinunter.

Ich nicke, ohne mich auch nur kurz zu fragen, ob es stimmt.

Wir ziehen uns an und gehen nach draußen.

Keough hat ein Ziel im Kopf, sie läuft entschlossen, ich folge ihr. Wir biegen in Straßen ab, in denen ich noch nie war, ich erkenne ein Café in der Ferne. Sie sagt, ich solle draußen an einem der Stehtische warten, zeigt in Richtung Fensterbank, ich setze mich hin. Sie betritt das Café, über ihrem Kopf klingelt der Durchgangsmelder, der Kellner richtet seine Aufmerksamkeit auf sie. Ich sehe durch die Fensterscheibe, wie er ihr zwei Croissants reicht, sie trägt sie hinaus, stellt einen Teller vor mich, einen vor sich und setzt sich mir gegenüber. Einige Minuten später trägt der Barista zwei schwarze Kaffee heraus. Sie tunkt ihr Hörnchen hinein und nimmt einen großen Bissen davon. Ich rühre meins nicht an, ich habe keinen Hunger.

Sie reibt die Hände aneinander, die Brösel des Gebäcks schuppen hinunter. Sie schluckt das letzte große Stück, hilft mit dem Kaffee nach, stellt ihre Tasse ab und sieht zur Seite.

»Ich möchte von seinem Plan wissen«, sagt sie.

Ich richte meinen Blick auf sie, sie erwidert ihn.

»Plan?«

Sie nickt.

»Wie es zu seinem … Ende kam.«

»Sauls?«

Sie schweigt.

»Er war krank, das weißt du ja. Als man's rausgefunden hat, hat man ihm eine Lösung vorgeschlagen, aber er wollte diesen langwierigen Prozess der Heilung nicht durchmachen. Hat sich dagegen entschieden, weil die Chancen 50/50 standen. Er wollte den Wal richten. Es war entweder Krankenhaus mit ungewissem Ausgang oder ein paar abgezählte Monate, aber dafür wäre der Wal gerettet. Die Entscheidung fiel offensichtlich auf ihn.«

»Und du hast ihn gelassen?«

»Man konnte Saul nicht nicht lassen. Er traf eine Entscheidung, sie war in Stein gemeißelt.«

»Und dann?«

»Du hast selbst gesagt, er hat Tag und Nacht daran geschuftet, solange er noch bei Kräften war. Und er hat es geschafft, und bevor er von der Krankheit komplett außer Gefecht gesetzt wurde, hat er …«

Ich sehe sie an, ein ruhiges Gesicht, das mir entgegenblickt.

»… sprich. Hat er was?«

»Er hat sich wahrscheinlich Mittel besorgt, um … Er wollte selbst darüber entscheiden, wann …«

»… okay … du musst jetzt nichts mehr sagen.«

Sie sieht nach unten, packt ihr Rauchzeug aus, dann schmeißt sie plötzlich alles auf ihren Schoß, ihr Blick springt zu mir:

»Warum hat er dir das alles erzählt? Warum weiht er dich in das alles ein, obwohl ihr kaum miteinander gesprochen habt?«

»Hat er ja nicht wirklich.«

»Du weißt aber fantastisch Bescheid!«

»Ich habe nur Eckdaten, ich musste … ich habe mir daraus selbst eine Erklärung gemacht.«

»Und diese Geschichte schwatzt du jetzt auch mir auf. Vielleicht stimmt das alles überhaupt nicht. Vielleicht ist das so eine ähnliche Wahrnehmung von dir wie die, dass er nie aufgehört hat, Künstler zu sein, obwohl er sich dazu ausdrücklich entschlossen hat.«

Die Kälte kriecht langsam in meine Füße, verbreitet sich stetig über die Beine. Die Zehen lassen sich nicht mehr bewegen. Mein Kaffee hat lange aufgehört zu dampfen. Ich nehme einen Schluck, er schmeckt bitter.

»Ich …«, fange ich an.

»Oh ich weiß! Kein normaler Mensch bringt so ein Opfer für einen Gegenstand … einen Bau, denkst du, nicht wahr? Kein Bauarbeiter der Welt! Das kann nur ein Künstler tun!«

Ihre Augen durchbohren mich. Ich suche in ihnen nach mir, nach dem, den sie sieht, ich verharre. Ich bin so lange reglos, dass mir jegliches Gefühl für den eigenen Körper abhandenkommt. Der Frost hat mittlerweile das Gesicht erreicht.

»Du denkst, er war noch Künstler, hat im Wal irgendeinen ästhetischen Wert gesehen, denkst du.«

Sie sieht mich an, ich bin flach. Ich bin eine Fassade, eine eindimensionale Attrappe, ein Pappaufsteller. Hinter diesem Bild verbirgt sich nichts, es geht nicht in die Tiefe. Mein Gesicht hat keinen Kopf, meine Brust keinen Rumpf, wo meine Schultern enden, gibt es keinen Rücken.

»Das war vielleicht reiner Starrsinn. *In den Stein gemeißelt.* Trotz. Reine Dummheit. Vielleicht hat er einfach nicht nachgedacht. Er hat ja aufgehört, Fragen zu stellen, also hat er auch seine eigenen Entscheidungen nicht hinterfragt.«

Ihre Augen leuchten auf, ihr Blick brennt sich in mich ein. In mir steigt eine Hitzewelle auf, die den Frost allmählich zunichtemacht. Aber ich kann mich immer noch nicht bewegen.

»Du denkst, dieser Scheißbau ist ein Kunstwerk. Ich denke, dieser Scheißbau ist das Abbild seiner Ignoranz. Ihm war eigentlich alles egal, nichts hat für ihn eine Rolle gespielt. Er hat mit solchen Entscheidungen nur versucht, seinem Leben einen Sinn zu geben. Du denkst, Künstler. Ich denke, Schwachsinn. Du romantisierst das alles. Du denkst, ein Künstler nimmt sich zurück, dient seinem Werk, löst sich komplett dafür auf, verschwindet darin! Ich denke, er hat sich um niemanden gekümmert, nur um sich selbst.«

Ihre Stimme ist zu laut, schallt durch meinen Körper. Ihre Stimme ertönt in mir, ich höre sie in jedem Glied, jedem Organ.

»Du bildest dir bloß ein, dieser Wal ist was Besonderes, hat eine Aura, was auch immer. Das ist einfach ein Betonklotz. So wie er, mehr nicht.«

Sie dreht sich eine Zigarette, zündet sie an, raucht schweigend. Ihre Finger sind zittrig.

»Ich kann dich nicht sehen«, sagt sie plötzlich. »Ich kann dich nicht einmal anschauen.«

Sie hat ihr linkes Bein angewinkelt, sitzt darauf, damit die Kälte besser erträglich ist. Der Unterschenkel leitet sie nicht an den restlichen Körper weiter. Ich lege meine Hand auf ihr Knie, sie heftet ihren Blick darauf.

»Keough, ich bin nicht …«

»Ja«, sie nickt. »Aber du siehst aus wie er. Du klingst wie er. Und warum bist du überhaupt hier?«, ihre Augen springen zu meinen. »Was – machst – du hier?«

Ich habe noch immer keine Antwort auf diese Frage.

»Was willst du hier? Du weißt, du läufst wie sein Geist durch diese Ortschaft. Die Leute fahren immer noch zusammen, wenn sie dich sehen. Sie haben dich in einem Sarg gesehen, verstehst du? Du warst tot für sie!«

»Das war nicht ich.«

»Du bist für sie aber er, begreif das endlich! Denkst du, auch nur einer von denen kennt deinen Namen? Niemand kennt ihn außer mir! Und sogar mir fällt es manchmal schwer, *ihn* mit deinem Namen anzusprechen, verstehst du das?«

Durch den Stoff ihrer Hose spüre ich die Wärme ihres

Körpers unter meinen Fingern. Ich drücke die Kuppen in ihr Bein, ihr Blick wandert nach unten. Sie sieht schweigend meine Hand an, wirft den Stummel zur Seite, legt ihre Hand auf meine, den Daumen auf meine Fläche und nimmt sie herunter von sich.

»Ich will, dass er verschwindet«, sagt sie plötzlich.

»Ich will bleiben.«

»Ich will, dass du gehst.«

Ihre Augen sind glasig.

»Warum bist du hier? Ich will, dass du mir die Wahrheit sagst.«

»Ich weiß es nicht.«

»Warum zum Teufel bist du hier?«

»Ich … ich musste kommen. Es hat mich nicht losgelassen, es hat mich gequält dort zu sein. Ich musste zurück.«

»Was hat dich gequält.«

»Irgendwas treibt mich hierher. Etwas treibt mich zu dir.«

Sie hält inne.

»Was.«

Sie kennt die Antwort.

»Was treibt dich hierher?«

»Bitte, Keough. Ich verspreche dir alles, was du willst. Ich werde sein, was du willst, ich werde sagen, was du willst. Lass mich bleiben, bitte.«

Tag 28

Seit zwei Tagen kommt sie nicht mehr. Ich verlasse die Wohnung kaum noch, in Sorge, sie würde doch auftauchen und mich verpassen.

Ich sitze auf dem Drahtsessel, arbeite, es beobachtet mich aus der Ecke. Ich spüre den Blick in meinem Nacken. Manchmal kommt es auch näher. Es schleicht sich unhörbar von hinten an mich heran und schaut mir über die Schulter, schaut, wie die Zeilen langsam auf dem Bildschirm entstehen, Wort für Wort, ich will nichts Falsches schreiben.

Manchmal ist der Raum zu klein für uns beide. Wenn es sich drinnen nicht aushalten lässt, gehe ich auf die Terrasse und sitze dort. Dann bleibt es im Inneren und beobachtet mich von da aus. Aber es weicht mir nicht von der Seite.

Die Bäume haben alle ihre Blätter verloren. Sie sind von selbst abgefallen, wurden nicht vom Wind heruntergerissen, es gibt ihn ja nicht, das Laub liegt auf dem Grundstück verteilt, durch die lichten Stellen sieht man noch das Gras absterben. Nichts macht hier ein Geräusch. Sogar die Krähen sind fort.

Ich sehe, wie sich etwas Rotbraunes unter der Zauntür durchdrückt. Von rechts bewegen sich die Pfoten lautlos über die Rasenflecke, sie schaffen es, keins der Blätter zu erwischen. Nicht einmal der Schwanz fegt sie zur Seite. Alles bleibt reglos liegen.

Das Tier verharrt in der Mitte, als es mich erblickt.

Ich sehe ihm so lange in die Augen, dass ich mir nicht mehr sicher bin, wen es anschaut – mich oder meine Gesellschaft. Sein Blick gilt einem von uns, aber es ist unmöglich auszumachen, wem.

Es hebt das Vorderbein an, die Pfote hängt ihm vom Fußwurzelgelenk, es hält inne. Vielleicht erwartet es etwas zu essen, eine Gabe, aber ich habe nichts. Ich drehe automatisch meine leeren Handflächen zu ihm und strecke sie nach vorne. Der Fuchs schnuppert am Rasen, lässt mich nicht aus seinem Blick. Wir schaffen es nicht, uns zu verständigen.

Meine Hände wandern langsam zurück, ich lege sie auf die Knie, die Finger gespreizt. Die Kälte gelangt schneller in die Blutbahn, wenn sie so einzeln ausgebreitet daliegen. Ich friere schneller, will meine Position ändern, aber traue mich nicht, das Tier zu verscheuchen.

Es pirscht sich langsam heran, die Schnauze knapp über dem Rasen, berührt immer noch keins der Blätter, als würde es über das Laub gleiten. Nur zwei Meter trennen uns voneinander, noch nie habe ich ein wildes Tier so nah gesehen. Da bleibt es wie versteinert stehen, es wurde zum Stocken gebracht. Diese Augen sehen etwas, was ihre schlitzartigen Pupillen schmälern lässt. Sie werden dünn wie Striche, fast unsichtbar, werden zu feinen Linien, das Schwarze löst sich beinahe komplett auf. Das Tier erstarrt für einen Moment, dann winselt es plötzlich in einer unerträglichen Lautstärke auf und schießt davon.

Ich sehe nur einen roten Schweif, von links nach rechts. Die Blätter zischeln auf, fliegen hoch und legen sich langsam nieder.

Es ist wieder still, als hätte es keinen Besuch gegeben.

Tag 30

Ich habe meine Sachen gepackt, sie stehen bereit. Am Morgen werde ich abreisen. Ich habe alles an schmutziger Wäsche mitgenommen, alles, was Saul an Kleidung besaß und ich in den letzten Wochen getragen habe. Ich habe es in mehrere Plastikschichten eingewickelt, damit meine Mitreisenden nicht vom Geruch belästigt werden.

Keough ist nicht mehr aufgetaucht.

Ich habe das unfertige Manuskript ausgedruckt und lasse es für sie auf der Anrichte liegen. Das Ende werde ich ihr dann mit der Post an die Wirtschaft zukommen lassen.

Ich habe versucht zu schlafen, aber nach Stunden habe ich es aufgegeben.

Ich sitze auf dem Drahtsessel, draußen klopft es, es hämmert, pfeift, wiehert wie verrückt. Der Wind ist zurück.

Er ist von Tobsucht erfüllt. Alles, was er in den letzten Wochen nicht herumgewirbelt, nicht herumgeschleudert hat, holt er jetzt nach. Er hat alles hoch gehoben, der Erde entrissen, jedes einzelne Blatt, jeden Zweig, jedes Steinchen, und lässt alles rotieren, schmettert es durch die Gegend, pfeffert es gegen die Wände des Hauses, beschießt sie damit.

Aus dem kleinen Fenster kann ich es sehen. Alles schwebt, fliegt durch die Luft, alles, was normalerweise nicht vom Boden loskommt.

Ich und meine stille Gesellschaft warten beide darauf, was mit dem Haus passiert. Vielleicht wird es aus seinem Fundament gerissen, vielleicht fällt es einfach um, fällt auf die Seite, der Boden wird zu einer der Wände, und eine der Wände wird zum Boden.

Es ist hinter mir, aber ich spüre seinen Hauch an meinem Nacken nicht. Es beobachtet mich aus der Ferne, wartet ab, was ich als Nächstes tue, aber ich tue nichts.

Die Zauntür quietscht, knallt, quietscht, knallt, als würden tausend unsichtbare Gäste aufs Grundstück rennen, einer nach dem anderen würde die Tür aufstoßen. Kaum knallt sie ins Schloss, kommt schon der nächste.

Aber dann höre ich Schritte. Etwas nähert sich, die Dielen auf der Terrasse knarzen, es sind schnelle, kurze Schritte, die Tür reißt auf, Keough steht im Rahmen. Ihr Gesicht, ihr Körper sind in Dunkelheit gehüllt, sie ist ein bloßer Schatten. Die Haare fliegen umher, winden sich auf ihrem Kopf.

Sie schreit gegen den Wind an: »Los!«

Ich erhebe mich vom Stuhl und mache einen Schritt auf sie zu.

Ihre Augen sind weit aufgerissen.

»Beeil dich!«

»Keough, es ist nicht sicher draußen«, höre ich mich sagen, aber kein Wort dringt bei all dem Pfeifen zu ihr durch.

Sie packt mich an der Hand und zieht mich nach draußen, zieht mich die Stufen hinunter, Staub fliegt mir in die Augen, ich kann kaum geradeaus sehen.

Wir rennen durch die Zauntür, sie knallt hinter mir zu, laufen den Hügel hinab, ich höre, wie sie wieder quietscht und ins Schloss fällt. Da ist noch jemand hereingelaufen, aufs Grundstück, ein weiterer Gast – oder hinaus.

Im Kessel der Ortschaft pfeift es anders, viel tiefer und dunkler, eine geisterhafte, leere Stimme, die sich nähert und wieder entfernt.

Ich muss kurz an das Manuskript denken. Wir haben in der Eile die Haustür nicht zugemacht. Der Wind wird alle Blätter, alle Seiten durcheinanderwühlen, sie müssten jetzt durch den ganzen Raum fliegen, und dann, wenn er sich endlich beruhigt hat, werden sie überall verteilt liegen, werden jeden Zentimeter bepflastern. Jeglicher Zusammenhang ist jetzt hinüber.

Keough zieht mich hinter sich her. Die Haare wie Feuerzungen lechzen danach, irgendwas zu peitschen, aber sie reichen nicht bis zu mir. Es wird immer schwerer, gegen den Wind anzukommen, vor allem, wenn wir jetzt die Steigung hinaufgehen sollen.

Wir bewegen uns fast im Stehen. Sie schirmt ihr Gesicht mit dem Arm ab, damit nichts mehr in ihre Augen gelangt, ich tue es ihr gleich.

Ich ahne, wohin wir gehen, jetzt, wo wir die Wirtschaft passieren, auch wenn ich kaum etwas sehen kann. Keough führt uns an.

Auf dem Feld hat der Wind keine Hindernisse. Nichts bremst seine Geschwindigkeit mehr aus. Bei jedem Schritt nach vorne gibt es einen kleinen Schritt zurück. Wir kommen nur in halben voran. Der dunkle Himmel ist körnig. Der Erdstaub wimmelt in der Luft. Er gelangt trotz der Abschirmung in die Augen, gelangt in den Mund, den der Wind mit aller Gewalt aufreißt, wir husten ihn ab, reiben uns die Augen, aber Keough schreitet entschlossen vorwärts.

Dieser Weg ist unser Ende, schießt mir durch den Kopf. Wir werden niemals irgendwo heil ankommen. Ein Baum hier am Wegesrand wird uns erschlagen, ein großer Ast wird abreißen und unsere Schädel zertrümmern, oder sonst was.

Aber wir schaffen es tatsächlich.

Sie zieht mich die fünf Stufen hinauf, jeder Schritt geht mit der Bürde des Windkörpers einher.

Ich höre ein leises Klacken, zweimal, die Tür zum Wal reißt auf, Keough verschwindet in der Dunkelheit, zieht mich hinter sich her.

Sie verlagert ihr komplettes Gewicht auf die Tür und schafft es, dem Wind den Zugang zum Inneren zu verwehren. Den Zugang dem Wind, den Zugang meinem Anhang – Keough und ich sind jetzt alleine, ich spüre keine andere Anwesenheit mehr.

Es ist so finster drinnen, dass unsere Körper sich in dieser Schwärze komplett auflösen, sobald die Tür zu ist.

»Komm her«, höre ich sie sagen und setze zwei Schritte in die Richtung, aus der ihre Stimme kommt.

Ihre Finger schlagen sich um meine ein, sie sind eiskalt. Ich spüre, wie sich ihr Handballen verdreht, sich nach unten dreht, sie zieht mich zu sich, ich gehe zunächst in die Hocke, taste mit der freien Hand am Boden, er hat Körpertemperatur, ich setze mich.

»Komm her.«

Ihre Stimme ertönt von weiter unten, sie liegt. Ich lege mich zu ihr. Sie kreuzt ihre Finger mit meinen, wir halten uns fest.

Unter uns ein leises Stöhnen.

»Ich will, dass wir hier sind«, sagt sie. »Du musst bei mir sein, ich glaube, ich werde mit dir das alles verstehen. Du bist mein Draht zu all dem hier. Du bist meine Antwort, ich glaube fest daran.«

Es ist ein langgezogenes Stöhnen, ohne Luftholen. Es dehnt sich nach oben, wird lauter, aber erdröhnt nicht.

Es durchflutet meinen Körper, von den Fußspitzen bis zur

Brust, und, als es den Kopf erreicht, besetzt es jeden einzelnen Gedanken, ich denke nicht mehr, ich höre dieses Stöhnen nicht, es erklingt in mir, es wird zu meiner inneren Welt. Ich bin ruhig.

Sobald es jede Körperzelle eingenommen hat, strömt es durch die Poren in den Raum um uns, durch den Mund, durch die Nase, durch die Augen. Es breitet sich aus, erfüllt die Luft, schwebt, gleitet durch sie.

Der Wind draußen pfeift nicht mehr, oder es dringt nicht mehr zu uns hindurch. Überall ist dieser tröstende, fremdartige Gesang.

»Es ist der kürzeste Tag des Jahres, weißt du das?«

Ich richte meine Aufmerksamkeit auf sie. Weg von dem Stöhnen, das ihr anscheinend wieder verwehrt bleibt. Ich darf ihr nicht zeigen, dass ich es wieder wahrnehme.

»Wenn wir diesen Tag hinter uns gelassen haben, diese paar Stunden Helligkeit, wird alles anders. Das Licht wird wieder mehr.«

Ihre Stimme hat kein Gesicht. Unsere Körper sind von der Schwärze ausgelöscht worden. Wäre ihre Hand nicht in meiner, wäre sie eine bloße Anwesenheit, eine schemenhafte Gestalt, deren Nähe ich nur spürte. Es ist diese Hand, in meiner, die mir einen Körper verspricht.

Sie drückt sie fester, ich glaube, sie weint.

Für diesen Körper dränge ich den Gesang weg, egal wie heilsam er ist, egal wie viel Trost er spendet. Für diesen Körper, der diesen Weg gegangen ist, der diesen Schmerz in sich trägt, verbanne ich ihn aus meinem Kopf. Ich will nur Keoughs Stimme hören. Nur sie soll erklingen. Ich lasse sie in meinen Kopf hinein, sie ertönt nicht mehr neben mir, sie ertönt in mir.

Ihre Stimme besetzt meine Glieder, meine Organe. Sie zirkuliert in mir mit meinem Blut.

»Es wird alles gut werden«, flüstert sie.

Unter diesem leise atmenden Betonboden ist das Nichts. Und über uns ist das Nichts.

»Wir fangen von vorne an.«

Und:

»Bald ist Morgen. Wir können die Minuten zählen, bis es hell wird.«

Und:

»Alles wird anders.

Gleich sehen wir hier den Tag anbrechen. Wir gehen nach Hause. Ich nehme dich ins Tal mit. Wir gehen durch den Wald. Es gibt einen Pfad, der hinunterführt, ich habe ihn ausgetreten. Seit meiner Kindheit laufe ich den gleichen Weg hin und zurück, ich habe diesen Weg quasi erfunden. Ich habe mir diesen Weg hierher selbst gelegt, durch dieses ständige Hin- und Herlaufen.

Wir steigen ihn zusammen hinab. Es ist ein kleines Haus, das ich bewohne, man sieht es nicht wirklich von oben, es ist von Baumkronen versteckt. Nicht einmal wenn sie ihre Blätter verlieren, entdeckt man es richtig. Das Astwerk ist zu dicht.

Es ist steil dort, man muss sich an den Stämmen festhalten, wenn man hinunterläuft, am Gebüsch. Meine Hände kennen jeden Zweig auswendig, jeden Dorn, jede Wurzel, über die man steigen muss. Ich kann mich blind fortbewegen.

Im Haus ist es warm. Ich setze einen Kaffee auf, und er dampft lange.

Wir trinken ihn und schauen nach draußen. Die Fichten schießen da nach oben. Sie haben ganz dünne Stämme, erinnern mich an angezündete und wieder gelöschte Streichhölzer, die man mit dem Kopf in die Erde gesteckt hat. Unten sind sie ganz schwarz und ab der Mitte rotbraun. Und oben gehen ein paar Äste ab, die eher buschigen Wurzeln gleichen als Kronen.

Wir sitzen und rauchen und schweigen. Und hin und wieder erzählen wir uns was. Und du stellst Fragen, auf die ich keine Antwort habe.

Wir gehen ins Bett und wachen gemeinsam auf.

Wenn es doch endlich hell wird.

Olivia Kuderewski, ich danke Ihnen.

Die im Roman erwähnte Skulpturarbeit »Seife« basiert
auf dem fortlaufenden Projekt »Soap« von Antonije Burić.

Umschlag: Stefan Klein
Satz: AD
Druck: Florjančič

ISBN 978-3-99059-074-4

Literaturverlag Droschl Stenggstraße 33 A-8043 Graz
www.droschl.com